JEAN-MARIE DAMAIS

MOSAÏQUE CONVULSIVE

Les Presses du Midi

Du même auteur aux Éditions Les Presses du Midi :

Un spasme de vacuité

Illustration de couverture :
Tableau de Jérôme Bosch
La tentation de Saint Antoine (détail)

Impression PDM

121 avenue d'Orient - 83100 Toulon
Tel. : 04 94 16 90 20 - Fax : 04 94 16 90 29
Dépôt légal janvier 2003
ISBN : 2-87867-440-5

« Nous embrassons tout, mais nous n'étreignons que du vent. »

Montaigne

Le bougre a marre de cette vie de rat : la morsure de l'ennui est trop cuisante, les rets de la solitude trop pesants, la gesticulation de routine trop nulle, les charmes du métier trop éculés, la grimace du politique trop hideuse, le relent du monde trop fécal ; les trips à l'absinthe ou au crack n'ouvrent plus les vannes du rêve. Écrire, dit-il, quoique... ; le premier livre n'en fut-il pas un en effet ? Une centaine de potes se le sont procuré, par amitié, distraction ou saine curiosité, malsaine peut-être. Quelques-uns l'ont lu, le quart de cette demi-moitié a réagi mollement, évasivement : les pages sulfureuses tapies sous la jaquette sage ne cadraient pas avec leur horizon d'attente. Le formateur maison laissa tomber ces mots : « destructeur mais roboratif » ; le vieux ressasseur de culture morte saisi incontinent d'énurésie diurne se fit tout petit auprès de son expert et redevint gentil-tranquille. Six ou sept femmes, elles l'aiment fort, les femmes, pourvu que de chair n'y ait ni désir ni assaut, ont formulé une appréciation sincère et nuancée : « c'est une respiration », et lui qui voulait qu'on étouffe là-dedans ! « Un homme resté adolescent devant l'amour, pur et poétique », « un voyeur satirique qui s'affiche avec des mots violents », « une verve célinienne » « construit comme du Lelouch », à creuser, ou encore, « imperfection délicieuse et vivifiante ». C'est trop, il défaille. Il l'a aussi envoyé à quelques francs butors rebelles au dur et au bizarre, autant donner des truffes à un poulpe. Au milieu de cette grisaille poudroient le témoignage poignant d'un distingué dix-huitièmiste qui reconnaît « aux flamboiements de salutaire colère » ses propres soifs inassouvies et surtout le prix Tanagra, aimable canular que les hérauts locaux ont snobé, faute d'y trouver un clone des livres éteignoirs d'esprit à consommer sur la plage : ces grimauds eunuques s'adressent dans leurs canards invertébrés à des lézards repus, trop ankylosés pour s'aventurer dans les dunes solitaires où fleurit le chardon bleu des sables. Voilà pour le dépôt de bilan.

Deuxième objection : il n'a pas d'histoire à raconter. Ça le connaît, il écrira qu'il n'a rien à dire : toujours ça de moins à garder pour soi. La matière étalée sans violence sur le vélin très fin et très strong est accessoire. Est-ce que les scribouillards qui ont pignon sur télé-Bouygues disent des choses importantes ? Si peu. Qu'est-ce qu'on voit chez Poivre et Rapp ? Pour mille navets flagrants une œuvre exceptionnelle frappée au sceau de l'universalité. Car le tout écrivant, ce n'est vraiment rien, de l'art pour larves : mortelles randonnées sur les émois du moi, les rances paradis, les suintements de peau, les culbutes au lit, les menus riens de l'actualité ou les hoquets de la France profonde, obscures ratiocinations sur les vieilles lunes de l'idéologie en panne, pâles explorations à travers l'enfer blanc de la mémoire, treks harassants sur le néant dans la tête; l'autre avec son voyage autour de sa chambre était moins soporifique : flanqué de la fidèle Rosalie, Xavier disait des choses, brassait une matière multiple et savoureuse et, parcourant à loisir les sentiers sinueux de la parole intérieure, donnait à voir, à sentir et à penser.

Milena lui permettrait de trouver du sel à vivre, mais elle est trop imprévisible, trop fantasque, trop bourrasque, trop beyle pour lui, trop vieux schnoque, qui se les brise menu à lui chuchoter son amour trembleur les soirs au fond des bars dans un patois ringard qui fait s'esclaffer la succube aux yeux verts, lacs glauques où se mirant languide il s'englue, s'intoxique, s'époumone et se noie, peyotl acide, son cactus à lui, son pulque.

Elle s'est échappée de l'hacienda où on la tenait enfermée, elle a été violée la veille, quand son fiancé est venu la présenter au patron. Les gardiens ont battu et emmené le jeune homme, qui avait tenté de s'opposer au crime. Elle se précipite et se met à courir. Les péons, blottis dans l'étroit rectangle d'ombre portée par les hauts murs d'enceinte, ne bougent pas, abrutis de pulque, qui coule en eux l'oubli de la misère et les mue en statues de pierre. La longue cape brune zèbre le ciel livide : elle court avec l'énergie du désespoir, pieds ensanglantés, poitrine brûlante, jambes lourdes, le trouvera-t-elle seulement dans ce désert d'épines, tempes rouées, elle court en titubant vers le champ de maguey où son fiancé a été enterré vivant jusqu'aux épaules, piétiné à mort par huit chevaux lancés au galop, achevé à coups d'éperons par un des cavaliers, s'aide des bras pour briser le mur de l'asphyxie, heurte un cactus, trébuche, s'immobilise, distingue à travers un brouillard de sueur et de larmes un magma rouge gercé de ridules noires. La tête de Sébastian rejetée en arrière repose à l'ombre d'une tige charnue. Un gros plan révèle le regard du péon halluciné par l'horreur des sabots et des bottes d'apocalypse. Maria n'a pas le courage d'affronter ce regard ; elle se couche tout contre l'épaule broyée, bouche ouverte mangeant la terre, secouée de spasmes intermittents, s'abandonne longuement au silence minéral, qui peu à peu absorbe le tumulte intérieur ; ses mains pétrissent la terre sacrée du Yucatan devenue royaume de la dictature et de la mort certaine. Maria soudain se redresse et fixe le ciel albinos ; les longues nattes dessinent les contours de la supplique séculaire, mais la lueur durcissant le regard abolit l'apparence, semble un défi aux dieux ancestraux, pour que les humiliés se réveillent enfin, que le supplice de Sébastian répande le ferment de la révolte, sonne le glas de l'oppression, pour que vive le Mexique.

Il trépigne d'impatience : morsure, couture, lémure, nomenclature, parjure, excalibur, friture, biture, c'est fabuleux, trente secondes pour trouver l'intrus qui s'est glissé subrepticement dans cet ensemble, sueurs d'angoisse, comme une épée au cyanure fouaillant les tripes, doigts pointés vers les tentures pourpres la paume tétanisée est prête à taper sur le bouton qui cornera le bonheur ou la déréliction ; l'animateur frétille jaune, roulant des œillades mouillées de la joie qu'il ne connaîtra pas ce soir à la maison, son aimée s'est tirée la veille, j'vous raconte pas, avec un mec plus grand, plus blond, plus mièvre, plus branché, plus larve, pour un loft plus spacieux, pourvu qu'ils lui laissent le temps, la peur de gagner déverse une pelletée d'oxyures dans son œsophage, juste le temps de brailler la bonne réponse, brûlure et froid instantanés, un charivari de spots et de beuglements suraigus le flingue pour le compte, il a perdu, il savait pourtant, il a été pris de vitesse, et maintenant de vomissements en saccades, le temps de vivre riche et heureux.

Sa joue est jaune terreux du baiser de l'araigne qui exhibe à présent le lot de consolation, un super récepteur vittel : avec ça il pourra les soirs de mouise regarder l'émission et vibrer en phase avec les candidats qui chercheront l'intrus qui se sera subrepticement glissé dans l'ensemble, imposture, déchirure, ordure, culture, rupture, mercure, dictature, mort sûre.

Ils s'engouffrent dans le corridor, les crosses déchirent le ventre garrotté par la peur, la bouche pisse le sang en saccades, Malik se meurt, les matraques embouties fer voltigent bas, les flics lui écrabouillent la tête dans l'humidité diaprée de sang et de vomi, Malik est mort.

Et la honte perdure : les tueurs de Malik sont condamnés à des peines de prison annulées par le sursis ; les assassins voltigeurs sont rentrés chez eux comme de bons chrétiens respectueux des dix commandements. La preuve que, même en démocratie, la seule recette pour tuer impunément est de porter un uniforme, comme pour se livrer en toute sûreté à des escroqueries haut de gamme de payer rubis sur ongle une caution d'un million de francs. Tout est affaire de respectabilité. Les assassins de Malik étaient bien notés : qui espère-t-on duper avec ça, sinon les ruminants de base que la seule vue d'une livrée officielle écrase de respect et de soumission ?

Qu'est-ce qu'un fonctionnaire de police bien noté ? Une crapule ordinaire possédant tous les secrets du prêt à cogner ; la bonne note ne préjuge en rien son intelligence ni son sens moral, tout juste son aptitude à obéir.

Vous avez pu entendre au tribunal des experts assermentés rivaliser entre eux de vocables, graphiques et supputations savants pour déterminer les probabilités de risque mortel des coups portés. Au bout de ces contes fallacieux les conclusions sont si aléatoires que personne ne peut se former une opinion claire ; mission accomplie : l'océan de grimaces a noyé la vérité. Rien de changé donc, toujours du vieux avec le neuf, « le ton de voix change un discours de force », les effets de manche et de rhétorique font l'innocence ou la culpabilité.

L'homme qui déambule avec une nonchalance feinte est à la recherche de son passé, à portée de pas et de regards, c'est sûr ; mais à mesure qu'il progresse, côté ombre, sur l'étroit trottoir de l'ancienne route nationale, qui traverse le cœur de la ville, si tranquille aujourd'hui, comme abandonnée, une irritation rampante le gagne : cette rue, il l'a arpentée chaque jour pendant deux ans, à l'aube de sa carrière, et il ne reconnaît rien. La méthode était judicieuse pourtant : avant tout autre tour ou détour qui n'aurait pas manqué de semer la confusion dans ses souvenirs par de probables interférences, il effectue le trajet du Palais de justice, ligne de départ logique, au minable deux-pièces cuisine enfoui dans un petit immeuble qui devait fatalement s'offrir à son regard dans l'artère principale, bordée de maisons soudées les unes aux autres, façades uniformément maussades, à part les briques rouges de quelques coquettes. Mais non, rien dans ce décor de théâtre ne provoque le moindre émoi, le moindre frémissement.

Désorienté il s'engouffre dans une impasse : à travers les fissures de portails vermoulus s'aperçoivent des cours mal pavées où s'entassent toutes sortes d'objets hétéroclites, comme en sursis de largage définitif en quelque décharge publique, socs rouillés, brouettes bancales, bâches déchirées, tonneaux éventrés. Son passé n'est pas là. Il rebrousse chemin; le contraste violent entre zones éclairées et zones obscures, selon une découpure en dents de scie au gré des lignes brisées qu'enchevêtrent cheminées et toitures, sous le soleil de pas loin de midi, étale, coruscant, étau aux tempes, qui oblige à de rudes efforts d'accommodation, ne facilite pas la reconnaissance des lieux. Clignements et écarquillements se succèdent à un rythme éprouvant.

Il écrivait naguère dans un texte pompeux : le monde craque et se fissure de partout, il se prépare à un grand changement. Le communisme est mort ! L'homme nouveau construit à coups de schlagues et de slogans n'était qu'un homme très ancien. Une chose est de ne rien voir venir, une autre de rester claquemuré dans sa myopie, quand c'est arrivé. Pendant que pays par pays s'écroulait la criminelle mystification du collectivisme, enténébrés de crétinisme radoteur les politiciens hexagonaux ne flairaient rien, ne voyaient rien, n'entendaient rien, ils ne sentaient ni intus ni in cute le formidable vent de liberté qui balayait un demi-siècle de verrouillage idéologique. Navrants engoncés dans leurs gris costards de bien nourris de la chose publique, les chefs de clan poursuivaient imperturbablement leurs chamailleries d'alcôve, réchauffaient leur guéguerre à coups fourrés de langue, à seule fin d'affermir une mise en orbite présidentiable sur l'horizon 95 : et comme, selon le bon esprit des lois à la française, ces boutiquiers de l'insignifiance n'existent qu'au prix de gesticulations et palinodies périodiques, ça culminait en d'invariables prostitutions audiovisuelles au rituel bien rodé, sous les écarquillements et les gloussements gourmands des laquais de presse.

Loin de réjouir l'opposition, comme auraient pu le faire accroire les décennies d'anathème et d'exploitation politicienne, l'atomisation des dictatures communistes la remplissait de consternation. Compatissez : périmé d'un coup son principal cheval de bataille ; le moyen de reprendre le pouvoir sans son plus beau fleuron stratégique ! Avec ça l'ancienne gauche, minée par ses scléroses claniques, coma profond chez les vieux militants, acteurs muets d'un opéra-bouffe où les ténors vocalisent l'irrésistible décomposition du parti, se prostitue volontiers aux idéaux de droite et piétine cyniquement ses plates-bandes, en dépit des ritournelles trembleuses sur la faillite de la pensée politique. Un austère ministre porte l'estocade, qui s'approprie le domaine séculaire du conservatisme, le goût des armes ; la démocratisation à l'Est ne le réjouit pas des masses non plus, pire, elle le trouble, l'inquiète, l'alarme ; pas de précipitation ! Le rapatriement de nos soldats n'est pas à l'ordre du jour, ne touchez pas à mon budget. Vous pensez à droite comment que ça déboussole ! Les vieux chevaux de l'éternel retour piquent des deux dans l'arène comme des crispés. Un seul créneau porteur a survécu à la débâcle idéologique, la religion. Ici on n'ose pas, sauf pour la lie qui couche dans le lit de lepen. Dès lors, qu'on soit arbitre ou ramasseur de balles, on n'a plus que des clous rouillés à remuer pour rameuter les foules, arguties tatillonnes, raclures rancies, chiures fades, grotesques raccordailles des vieux couples de dinosaures, plus archéo-boutiquaires qu'eux tu crèves.

Je suis un citoyen exaspéré par la rage des journalistes à exalter l'insignifiance. Le mal est plus profond que l'édulcorite de rigueur chez les crispés de l'audimat. La léchite, puisqu'il faut l'appeler par son nom, s'insinue dans tous les organes de la profession. La moindre flatulence, si elle vente parmi les sphères du spectacle ou de la politique, voilà que des nuées de quêteurs de scoops s'agglutinent pour célébrer le pseudo-événement. Ce ne sont que cantiques glorifiant les zéros de la jet set et du pouvoir, et si le quidam appartient à une institution sacralisée, armée, police, église... la couverture confine à l'hystérie.

Ils n'ont d'yeux, de voix et d'imprimante que pour une fuite rocambolesque déguisée en western avec juste ce qu'il faut de piment pour réveiller le cow-boy qui sommeille en chacun; quel est le héros de cette pantalonnade? Un picrochole de troisième catégorie. Rappelez-vous, encore un effort, si courte la mémoire ont les Français : mains jointes, visage nimbé de l'auréole du martyre, notre zéro prend à témoin l'univers qu'il mourra pour la cause; le lendemain, aux premières salves, il se réfugie comme rat dans le vaisseau de sa Hautesse à l'ambassade de France, laissant ses frères en plein casse-pipe se démerder avec le gendarme syrien; et pourtant ils tournent, faxent à tour de bras, sans un regard pour les vrais événements. Le clown est général, francophone et chrétien : quel homme, quel homme!

Raides comme s'ils gardaient à vie un balai dans le fondement, frénétiques comme les possédées de Loudun, ou tout en rondeur pateline, les laquais dénaturent la liberté de la presse en frivolité empressée. Oh, le plat calembour! Le citoyen exaspéré demande pardon, il assure que le livre qui s'élabore ici n'en comportera qu'une quantité raisonnable; il en a dix fois plus à votre service dans le dernier Dutourd : feuilletez. Les tirages porteurs sont à l'avenant.

Une chose est d'exalter l'insignifiance, une autre de gommer l'ordure. Passe pour la politesse de convention, mais pourquoi tant de complaisance envers de quelconques vedettes, managers, présidents, maires, notables sans qualité, mafieux ou assimilés? Médecin n'est jamais désigné comme escroc et fasciste, même quand l'évidence crève le crâne et l'écran; noriega est qualifié d'ex-homme fort d'Équateur, euphémisme scandaleux au regard de la monstruosité de ses crimes, certains même s'apitoient sur la fin de ceaucescu...

Comment peut-on inviter un ancien tortionnaire des djebels à une heure de vérité, l'interroger et l'écouter avec sérieux, par quoi on le reconnaît a priori pour ce qu'il n'est pas, honnête, sérieux, respectable? Sans le battage organisé autour des moindres saillies du nazi notoire, qui le légitime aux yeux des crédules, il ne pèserait rien électoralement, puisqu'il ne pèse que la bêtise et la versatilité du peuple idolâtre. L'agression perpétrée par lepen contre un parlementaire européen devient sous influence du virus de la léchite, il y a eu un échange de coups entre x et x : ni complaisance, ni servilité, il s'agit là de connivence, la langue de coton s'est faite langue de boue. Comment peut-on lécher le cul des crapules?

Lâcheté, inconscience, vénalité, calcul de carrière, volupté autoflagellatrice? L'exaspéré est perplexe. Mais ils auront beau plaventrer, flatter l'ordure, porter aux nues l'insignifiance des clowns prédicateurs, épancher leurs conversations salonnardes sous préservatifs et loukoums, les lucides, eux, sauront débusquer l'imposture, car la caque sent toujours le hareng.

L'homme qui marche dans la ville est tenté de céder au découragement ; le voilà pourtant reparti pour un tour. La fortune sourit aux obstinés : juste à la sortie du fort virage qui avait représenté au premier passage une limite raisonnable à son exploration, une imposante demeure surgit et, au même instant, un fulgurant frisson de mémoire affective le traverse. La bâtisse ne déparerait pas le Bas-Limoges que Balzac reconstitue avec minutie dans l'ouverture du « Curé de village ». L'empilement extravagant de blocs de pierre moussue par plaques, pièces de bois, briques rouges et saignées de ferraille compose une gigantesque mosaïque baroque, qui communique d'emblée un sentiment de solidité indestructible, malgré les fentes creusées çà et là par les pluies et les gels, malgré les autres signes visibles de délabrement, aux étages supérieurs surtout où les volets ont été renforcés à l'aide de planches clouées aux chambranles. La maison des Dauphins devait être restaurée sous peu, il s'en souvient maintenant, il y a vingt ans environ, à l'époque où fraîchement débarqué, vif et bondissant en dépit de sombres accès de cafard, quelle déception d'avoir échoué dans ce trou pour ses débuts comme magistrat, il rêvait de faire carrière : il se voyait substitut du procureur ou juge au tribunal de grande instance à

Grenoble. Par la suite il choisit d'être avocat ; de carrière, point : à trop balancer entre le lucratif et le social on laisse filer le lucratif, qui passe en des mains moins scrupuleuses. Raisons pourquoi il est revenu sur les lieux de son rêve ?

Les pierres séculaires renvoient de lourds relents vernaculaires. Plus loin la rue s'élargit, les habitations s'espacent, les arbres se comptent. À hauteur des niches où se blottissent des statues mutilées, un toit de chaleur visible s'est formé. Il étouffe. Au bout de l'horizon repérable quelque chose qui ressemble à une fontaine.

Il est toujours là le vieux briscard président, chaque fois que la dérive inégalitaire tape à l'œil, pour monter au créneau et rappeler le mot-clé de voûte du programme socialiste, réduire les inégalités. Déclaration solennelle ; soudain le micro tombe en panne, panique brève, un assistant souffle aux techniciens une idée géniale : « continuez à enregistrer les images, nous prendrons le son sur la cassette de la vingt-cinquième heure de vérité ». Mots, inflexions et musiques, c'est du kif ; les téléspectateurs n'y voient que feu de paille. Quels seront les cochons de payeurs pour venir en aide aux exclus du gaspillage, vieux, chômeurs, réfugiés, smicards, clandestins, handicapés ? Ceux qui ont de la galette ? Position simpliste d'un primaire en subtilités politiciennes ; on ne touche pas aux riches qui tiennent les cordons de la bourse et tirent les ficelles électorales. Les pauvres ? Contradiction trop palpable. Si on faisait une ponction légère légère dans le budget militaire, puisque la tendance est au désarmement ? Scandâleux, beugle-t-on dans les cercles républicains, crime de lèse bottes et godillots !

Mobilisation spontanée de tout ce que la France unie compte de batraciens sous tranquillisants, vagues déferlantes sur le ruisseau parisien : grenouilles luisant verdâtres, escortées de corbeaux en queues de pie qui militent pour l'année mariale, rouges crapauds verruqueux sautillant cacadémiquement sur leurs palmes prolétariennes (pauvre Gaston, tu ne saurais plus où donner de l'ire et de la rime, car les travailleurs aujourd'hui, peu enclins à entonner dans ton sillage la douloureuse complainte du fondeur de canons, sont fiers d'user leurs bras à fabriquer sous la bannière CGFOT « des instruments à blessures et des outils de trépas », pourvu que ça usine fort au pays), rainettes jaune safran en lignes compactes déployant leurs ventouses sécuritaires, avec à leur tête, galons contre galons, un escadron d'urodèles gluantes fourrageant de mâle façon un amas de pin's et de merdailles, rampent et coassent de conserve « AMXCGTI », leur cri rassembleur pour défendre les intérêts de la profession, y compris les moins avouables, tribunaux spéciaux, arsenaux obsolètes, prytanées ruineux, garnisons superflues, armements surannés, ventes massives d'armes à des régimes pourris et insolvables, quitte à s'immoler un jour aux canons ennemis qui seront les leurs. Cocus, ô soldats de l'an deux mille !

« Ciel, mes rafales ! » Le ministre un instant désarmé retrouve sa pugnacité : la conscience républicaine n'est pas sourde à d'aussi nobles visées, le kaki sied aux Belfortains. Le ratfouine corse aime le lion malade d'embargo qui en pince pour la soldatesque qui aime picoler dans les carrées à rien foutre en aboyant contre la gradaille, le reste du temps elle roupille. « Touchez pas à mes potes en uniforme, martèle le parangon des vertus cocardières, voudriez-vous que ma vie n'ait plus de sens ? » Tout le monde se couche devant l'institution guerrière, même quand elle fomente des agissements criminels : rappelez-vous, bons citoyens, l'édifiante affaire d'un lycée militaire provençal, professeurs menacés, chants nazis, bizutages racistes, sodomie, ratonnades urbaines : non-lieu en faveur des officiers instigateurs ; la caste perpétue en toute impunité des valeurs et des traditions fascistes.

Il ne reste pour payer que les classes moyennes, invariablement piégées et taxées. Normal, elles constituent le plus sûr creuset des médiocrités bien partagées, ignorance, sérieux, crédulité, veulerie, labeur, sur quoi s'appuient pour survivre les démocraties formelles. Alors les français très moyens casquent. Et maintenant, marauds, dormez, dieu le veut !

Il ne manquait plus que le coup de grâce, le providentiel sadam va le porter à l'opposition, consensus oblige, en ranimant la flamme cocardière. Voilà qui rend plus mesquines encore, plus minables, plus farces, plus glaires de rats d'égout, les misérables contorsions de certains leaders décidés à se démarquer à tout prix, après les longs mois de réserve imposée durant l'embargo et la coconneuse électronique guerre. À l'aube du corps à corps tripal annoncé, il faut impérativement se distinguer, rappeler qu'on existe, la mémoire si courte le peuple a, arracher un bristol pour s'attabler avec les autres devant l'assiette au beurre, il faut incontinent reconquérir un territoire, désert de sable, steppe désolée ou plaine de cactus, trouver n'importe quoi à redire sur une tribune trampoline d'où lancer un slogan porteur, marquer sa différence, hélas très ténue, très proche du rien; les supporters tricolores ne suivent pas, c'est le fiasco, et eux de remiser au clou leur panoplie de grimaces.

À ce jeu d'oies capituleuses excelle un vieux jeune loup souriant jaune, ex-chantre du mieux beuglant culturel, marathon man des coups de pub avortés : manchettes, croche-pieds, tacles assassins, il a beau, i's'plante un max, aurait mieux fait d'envoyer un chèque à télématon, le gnome, aurait au moins senti le bon chrétien à cent lieues, toujours ça de pas perdu, aurait moins d'bile à s'faire pour sa carrière. À prendre l'un je préférerais le frangin saltimbanque, malgré sa tête de gnou couleur de cerne et de coca.

L'homme qui est à la recherche de son passé repose ses jambes de flanelle, à l'ombre d'un tilleul, assis sur le rebord de la fontaine entrevue tout à l'heure à travers un rideau de sueur ; recroquevillé sur son écroulement, la tête vide, c'est à peine s'il perçoit le léger chuchotis. Il avait préféré affronter la longue ligne droite plutôt que de revenir vers le désespérant ruban de façades où il ne s'était pas retrouvé, afin que les cuivres du soleil martèlent moins durement, sous les arbres trembleurs derrière le voile de chaux en suspension, et que cesse la nausée, au bout de la fournaise. Une bouffée de bien-être soudain l'empoigne qui le transporte d'un coup bien au-delà de la sensation présente : va-et-vient vifs de frissons circulant en tous sens, effervescence de transpiration sur les épaules, froid de banquise aux extrémités. L'homme qui quelques secondes auparavant, furieux d'avoir cédé à la tentation de s'aventurer dans le décor de sa jeunesse, pour quelques grotesques attendrissements qui ne s'étaient même pas manifestés, était encore tout disloqué de fatigue et de détresse, se tient debout maintenant, immobile, compact, les mains fermement appuyées sur la margelle, interrogeant du regard et des narines la vasque frémissante avec une telle intensité qu'il semblerait que les murmures et les reflets changeants de l'eau associés aux senteurs de tilleul dussent d'un moment à l'autre lui révéler une vérité capitale. La voix a vibré à l'instant précis où il a plongé la main ; ardente et fragile, elle l'avertissait sourdement qu'il était quelqu'un d'autre que le pantin désarticulé comme en exil de lui-même après ce four : il portait en lui une autre terre, une terre où il avait été heureux.

À mesure que l'ébranlement initial creuse l'espace de reconnaissance, Olivier se sent moins seul, entend de plus en plus distinctement la rumeur des distances traversées, fraternise presque avec la confidence annoncée. Tout à coup, comme une brusque trouée au dense d'un épais brouillard, tandis que les larmes affluent et gonflent les paupières, un parfum palpite en lui, en lui une musique, une silhouette, un prénom de femme.

Brisé par la logique lancinante du creux et de l'enflure, le bougre s'apprête à retirer ses billes ; pour avoir vainement tenté d'accéder aux espaces supérieurs, là où les super novas vagissent leurs cris de lumière, loin des crevures, des dogmatiques, des puissants, des matons, voici qu'il renonce à traquer le vieux rêve d'une vie riche et utile, aujourd'hui démesure. Il a appris jadis que « l'homme porte en soi la forme entière de l'humaine condition ». Et lui d'applaudir, mais il ne se sent pas peser ce poids colossal. Normal : l'homme réel n'est pas à la hauteur de sa dimension théorique, le géant virtuel demeure scotché à son socle, aplati sous le plomb des invariables répliques en décor immuable, étriqué, médiocre. Cruelle impasse où il se trouve empêtré : ni héros, ni figurant, triste clown traviole qui larmoie sur la nullité de son existence, dussent les habiles l'accuser de complaisance masochiste. Ils auraient raison : qu'est-ce qu'une vie intéressante, en rapport à quels schémas convenus ?

Il ne reste plus qu'à bâiller comme une carpe aux stupides horizons des impatiences guerrières.

Il était une fois un pays où des hommes industrieux bâtirent parmi d'immenses étendues désertiques de splendides cités conçues pour le plaisir des sens et de l'esprit ; leurs habitants affichent en toutes circonstances une politesse exquise à l'égard des étrangers, pour peu qu'ils appartiennent à la race des seigneurs ou des banquiers. Tout va pour le mieux dans le plus florissant des royaumes possibles : la plus humble famille a sa bonne, recrutée dans les sous-continents lointains, que le maître de maison peut corriger, violer et tuer à loisir ; la loi le protège si bien, que la femme violée qui commet l'imprudence de porter plainte est jetée en prison sans jugement pour relations illicites et atteintes à la morale publique. Les jeunes hommes venus des mêmes confins pour ne pas mourir de faim connaissent un sort plus enviable : vendus à l'encan dans la plus pure tradition de la pax romana, au cou un écriteau mentionne l'origine, le poids et les mensurations, ils fournissent une main-d'œuvre inépuisable préposée aux tâches subalternes et aux travaux de force. La parole du prophète ne laisse pas d'y être commentée avec pertinence : ainsi, exemple significatif de dévotion à l'orthodoxie, un obscurantisme de bon aloi enseigne contre sens et raison que la terre est plate. Les gardiens tutélaires de l'ordre accordent une attention particulière aux femmes : fermement maintenues dans les bornes étroites de la pudeur, le seul moyen pour elles d'échapper aux violences hystériques des barbus est de se nier corps et âme sous les voiles de la soumission. Les satrapes, soucieux de la stricte observance de la loi divine, organisent des spectacles édifiants chaque vendredi, jour saint, où se presse en nuées compactes la foule bigarrée des fidèles avides d'assister aux exécutions publiques : on y flagelle, crucifie, pend, lapide et décapite à merveille ; les bouches sèches s'abreuvent de sang lustral, la multitude chante et danse à l'ombre des mosquées. Il arrive que l'inflexible maître de décollation ne partage pas la liesse collective : au doute qui étreint le perfectionniste, à cause du risque de dérapage, chaque fois qu'il s'apprête à trancher une main ou quelque autre membre, s'ajoute un tenace sentiment de frustration quand la victime est de sexe féminin : en raison de l'interdiction de dévoiler le corps, un officier exécute la femme d'une balle dans la tête.

Le peuple se prosterne et remercie le ciel en psalmodiant de rauques mélopées. Leurs altesses féodales excédées de routine boudent ces réjouissances collectives ; elles s'encanaillent volontiers dans les casinos, suites royales et autres palais de tolérance en versant dans le satanisme occidental, ou bien se prélassent à bord de leurs palaces flottants et volants, avant de revenir au pays signer d'autres arrêts de mort, d'autres contrats juteux, d'autres subventions aux frères intégristes ; en cas de coup dur elles s'enfuient et coulent un exil doré sur tranche à l'ombre de la city. Toutes ces saloperies, c'est où dites ? Dans le Golfe. C'est ça qu'on est allé défendre à grands risques d'être gazés et occis, avec nos awaks, nos chars et nos milliards, c'est révoltant ! T'as rien compris ; sourcillerais-tu au noble sursaut de conscience de l'Occident ? Car si ces pétromonarques sont d'infâmes salauds qui bafouent les droits de l'homme comme ils respirent, sadam est encore plus retors, plus chacal, plus sadique, plus ordure : passe de torturer et liquider les opposants politiques selon la loi du parti baas cher à la gauche, de gazer les kurdes, de brûler les enfants pour faire parler les pères… on l'aimait bien, tu sais, il était notre petit protégé, laïc, progressiste et tout, mais violer le droit international, fomenter la déportation et le génocide des Koweitiens, couper les mains des résistants, se dire esclave de Dieu, comme l'autre désaxé se proclamait génie des carpates, c'est dépasser les bornes du tolérable ; autocrate, oui, psychopathe, non ! Alors Zorro est arrivé sous la bannière étoilée.

Dans le même temps, à quelques heures de vol, le continent noir, sous la férule d'ignobles potentats protégés par les anciennes puissances coloniales, meurt à petit bruit, décimé par la faim, le paludisme et le sida... Les blancs guerroient, les noirs trépassent. De grosses mouches bleues sur les peaux craquelées tissent le linceul de la honte. Foutre, c'est révoltant. T'as rien compris, la morale est un bouclier à géométrie variable. Alors on embargote là-bas pour le pétrole? J'aurais pas cru.

Il crie la misère des hommes. « Quand on naît gueux, on crève gueux ». Tout est dit sur la mécanique qui écrase les gens du peuple. « L'honneur quient dans l'carré d'papier d'un billet d'mille ». Rien de frelaté, du diamant pur; tendresse et invective se marient dans un frémissement douloureux. « J'vourais ben m'fout'une saoulée d'vin ». Le droit à la chimère douce de l'ivresse est l'ultime revendication des broyés de la terre, car le vin « c'est des moineaux dans les cœurs et les cerveaux ». L'amour de la nature tisse les seuls espaces sereins de l'œuvre de notre Villon rural : « il a poussé du pouél d'su l'ventr'à la terre ». Vibration, musique, moment d'éternité. Poète maudit d'avance. Si l'origine paysanne, la pauvreté, la maladie, la probité, l'antimilitarisme, le refus des concessions, la révolte contre l'injustice et l'oppression n'avaient pas suffi, sa marginalité en écriture par l'emploi du patois, (la langue rocailleuse du terroir beauceron n'a rien de folklorique, qui accentue la désespérance lucide) hors des modes littéraires, condamnait irrémédiablement le « gars qu'a mal tourné ». En cette ère de parisianisme triomphant on mourait de sa différence ; il en mourut. Mort posthume aussi : l'institution universitaire et la coterie poétante l'ignorent superbement.

Loin de se complaire au noir des larmes et des lamentations, sa poésie fait aimer la vie : elle contient ce que seront cinquante ans plus tard Ferré et Brassens. L'ultime cri du naufragé de la fraternité humaine se nomme Cantique païen, poème scandaleux par son seul titre. L'éternel chemineau est mort misérablement à 31 ans, les poumons en loques, emportant avec lui le sourire des gourgandines dont « les tétons rondinent à plein corset ». Gaston Couté, in memoriam, pour partager le vif, le rude et le tragique aujourd'hui.

La guerre ne lui inspirait aucune réflexion originale. Selon lui il convenait que les nations unies confrontées à la barbarie attendissent plus longtemps les effets d'un embargo total. Il reconnaissait toutefois qu'on avait donné toutes ses chances à ce salaud de première grandeur, connu pour ses menées génocidaires contre les Kurdes perpétrées sous l'œil complaisant de l'occident qui fournissait les armes et les gaz, laissons vivre le lobby de la mort, tortionnaire de son peuple avant d'être celui des Koweïtiens... Il dénonçait aussi la tortueuse hypocrisie d'Israël impatient d'en découdre avec les Arabes à l'ombre du grand pénis yankee et de crever dans la foulée l'abcès palestinien en investissant massivement les territoires occupés, spirale de haine travestie en légitime défense, pour expulser les autochtones, quitte à en massacrer quelques milliers au passage sous n'importe quel prétexte de rébellion et de terrorisme.

Dès lors, les hostilités une fois engagées, qui déclenchèrent un hallucinant direct à l'aveugle sur les médias, tout accès de pacifisme n'était que bêlement vertueux ou manœuvre putassière, puisque les alliés, logique de guerre ou logique de paix, les orateurs en avaient plein la cuiller de bois, devaient pilonner les forces irakiennes, où qu'elles s'ensablent, jusqu'à ce que fût bouté hors le monstre bardé de missiles qu'ils avaient fabriqués.

L'homme qui gravit la côte menant à la gare, perchée sur une butte à l'écart de la ville, sait ce qu'il cherche, une clairière, quelque part dans la futaie où avaient coutume de s'égayer les couples locaux affamés d'amour. Depuis le déclic de la fontaine, subjugué d'émotion et d'attendrissement, il brûle de retrouver la colline où il a été heureux, de fouler les frais sentiers du labyrinthe d'amour où la paisible étudiante en lettres et lui-même se rejoignaient, à l'instar de tous les sans toit où converser et s'étreindre librement, loin des cris et des larmes maternels, loin des regards soupçonneux et salaces des logeuses en mal de ragots, puisqu'en cette foutue époque, encore marquée au rouge de la guerre des djebels, les sixties, comme salivent les branchés de l'arnaque audiovisuelle, il fallait montrer ses papiers pour monter dans une chambre d'hôtel.

Direction plein sud, dans l'axe de la flèche gothique.

Qu'était devenue la jolie clairière au faîte de la colline inspirée ? Avait-elle été saccagée par les promoteurs ou bien, préservée de la fièvre spéculatoire, tout bonnement désertée, pour cause d'obsolescence ? Il se pouvait que quelques irréductibles parmi les fervents d'amour, plus par jeu que par nécessité, perpétuent la tradition, sensibles aux charmes des accouplements à ciel ouvert, avec fourmis, murmures de brise et de feuillage, moustiques, senteurs mêlées dilatant les narines, épines prolifiques, échos chavirants de joutes voisines, caresses intermittentes du soleil sur des losanges de peau, au gré des houles sculptées par les corps dans les chambres de verdure. La grimpée est rude, la chaleur persistante, les jambes lourdes ; mais rien ne le détournerait de sa quête, chevillée au branle voluptueux de rouages oubliés, pas même l'essaim de mouches bourdonnant autour de ses tempes ointes de sueur ; un bonheur réveillé est comme une main tendue qu'une fois saisie on ne lâche plus.

Moi, c'est quoi ? Un naufragé de l'idéal qui dit non aux clips hurleurs, aux narcodollars, aux cataplasmes de faussetés dont se parent les clowns prédicateurs, au génocide kurde, aux masques de respectabilité, aux charretées de littérature comme il faut qui ne valent pas une seule pelletée de mots à la Ducasse, aux distributeurs de capsules à oxygène, aux voiles posées sur la réalité par une armée de symboles, aux jets de charges creuses, aux mosaïques de sécheresse craquelant la terre africaine, aux cartes à puces avalées sans restitution par des fentes aseptisées, ah si les sexes avaient ces faims nonpareilles, à la raison d'état, aux balles furtives piaulant au vent mauvais des rêves dévoyés, aux jeux de l'amour et du latex.

Non aux tortionnaires, aux pitres galonnés qui les gouvernent, aux fabricants de mirages posthumes, aux nouveaux inquisiteurs piétinant les roses d'Ispahan.

Non aux briseurs de rêve.

L'écorché de l'inassouvissement l'a vinaigre dans le museau, à cause des enfants, des femmes, à cause des peuples oubliés, à cause du corps, de la tendresse oubliés, à cause… avec dans la bouche, très pénétrant, un arrière-goût de saqué, gluant acide comme le sourire de l'aimée qui le propulsa d'une lueur unique au cœur des froids pérennes de la désespérance, au front, comme après une porte lourde lourdement balancée, un cratère de sang, aux tripes un broiement d'amplitude sept sur l'échelle de Rictus, pareil à celui qui larde la pauvre gosseline soliloquant, « j'tiens plus d'bout, mes poignets c'est pus qu'une crevasse, emm'nez-moi c'soir à vot'paradis, sainte vierge, où s'qui fait chaud, où s'qui fait doux », et dans l'œil une nébuleuse grosse des grains qui avant la nuit tomberont à seaux.

Il a hurlé au milieu d'un vacarme de mitraille que le ciel à l'ouest s'embrasait d'éclairs de feu ; le présentateur venait de déclencher la guerre des chaînes. Peur et soulagement à la fois, peur du chaos à suivre, soulagement car, après la longue et patiente préparation des esprits, après le déploiement massif de ficelles et de ressorts faits pour entretenir la tension jusqu'à la crampe, quelle frustration si sadam avait obtempéré !

Les journalistes se seraient épargné cette frayeur, s'ils avaient mieux connu la bête de scène de Bagdad. La grande roue de la mort en direct avec feux et artifices s'ébranlait. Mémorable nuit de jubilation médiatique. Les spécialistes avaient pronostiqué une guerre éclair high tech : le pilonnage nocturne a paru confirmer le présage. Triomphe braillard des états-majors et des radioteurs, éblouissement crispé des télévoyeurs devant le spectacle en immondovision. Sur quoi les chaînes versées dans les guyluxeries ordinaires se passionnèrent soudain pour l'actualité : concurrence effrénée pour profits très lucratifs. Les seuls à pâtir de ce déchaînement ont été les publicitaires, par la suppression, décence ou rouerie, de certaines campagnes de pubs ; oh les pauvres regardants privés du clip coca-cola !

Les gugusses en treillis savaient-ils que 90 % des cibles stratégiques traitées chirurgicalement n'étaient que des clones en plastique ? Grossière erreur d'appréciation ou intox programmée ? Puisque la victoire nescafé n'était qu'un leurre, on s'emploierait à jouer les prolongations en gérant au mieux la couverture des événements. Au début la roublardise des hérauts de presse a fait merveille : à court d'images et d'informations, hormis le rappel quotidien des bombardements intensifs US et des raids glorieux des pilotes tricolores, les meilleurs fils de la nation, d'après le ministre, coup dur pour les autres, savants, artistes, énarques, écrivains et fils du peuple, ils ont distillé, l'espace d'un marathon non-stop, quelques points de détails, fausses rumeurs, bla-bla, démentis, redites, interviews bidon de pseudo-experts, mystifications.

Ils en bavaient de plaisir ; les fringants généraux sevrés de casse-pipe depuis la guerre franco-algérienne tenue à l'époque sous chape de plomb (délit de faciès : arrestations, interrogatoires poussés, sueurs, cris, viols, saignements, spasmes, les murs de la villa sésini, el-biar, ne laissent rien filtrer du déshonneur de la France, baignoires, garrots, électrodes, suffocations, camions bâchés, charniers) débitaient avec l'émouvante hésitation des puceaux de la montre télévisuelle des choses simples et élémentaires, pour la dialectique ça rasedunes, diable, les képis étoilés ne sont pas experts en raisonnement complexe, un ordre est un syllogisme sans ergo, et, férule hardiment pointée sur les maquettes en relief flambant le neuf du racolage ambiant, contaient d'improbables impacts, stratégies et mouvements sur le théâtre de la guerre.

À trop servir de pâtée incertaine coupée d'eau saumâtre on coupe les appétits. Contrairement aux vaticinations des psy-branleurs, la non-vision de non événements n'a pas engendré l'angoisse chez les consommateurs d'images : aigreurs de tête et nausées plutôt. Des reportages à travers les campements du désert ont ranimé un temps la flamme cathodique. Le moral est très guerrier. Les fidèles servants d'une batterie aérienne muette obstinément, taquinés par le spleen, regrettaient de ne rencontrer corps qui vole, ne fût-ce que leurre, pour parler à leur tour : à défaut de gnole musclée rien qui soude mieux le collectif que l'impatience d'en découdre.

Alors que malgré ces divertissements la colère des présentateurs muselés et l'ennui des enchaînés blasés ne faiblissaient pas, grâce à dieu le tortueux fier-à-bras se mit à monter en salves nourries quelques coups de théâtre et du même coup médiatique à rendre aux commentateurs leur sourire et leur faconde.

Tirs de missiles sur Tel-Aviv et Riyad avec menaces d'ogives non conventionnelles, déclaration historique d'une transparence si prévisible que le conjecturiste le plus obtus l'annonçait ferme comme le nième non événement de la crise, toujours aussi buté le butor, pourquoi se gêner, un peuple bâillonné depuis dix ans, encore traumatisé par les 500 000 morts d'une guerre atroce, complètement absurde de surcroît puisque les quelques arpents conquis avaient été restitués, n'avait d'autre ressource que la résignation, attaque suicide en territoire saoudien masquant mal sa sordide fonction de propagande, déversements sataniques de millions de barils de brut dans la mer, qui ravivèrent de fraîches blessures en mémoire collective, et surtout, oscar de l'ignoble, exhibitions de prisonniers hagards, pommettes et lèvres tuméfiées, propres à insuffler au verbe journalistique une grandiloquence surannée, plans fixes trembleurs où des bouches sanglées de honte articulaient de confuses paroles. Et puis de nouveau, anesthésiant les yeux et les esprits, le terrible gel de l'accoutumance à l'horreur.

À travers les mailles étroites de la censure et de la désinformation ne filtraient que quelques photons de vérité. Les reporters exaspérés regimbaient. « Nous ne savons qu'une chose, c'est que nous ne savons rien », s'est indigné Libé en donnant fort dans le culturel. Le prudent Michel Eyquem, si calme en son donjon, si sceptique en ses essais de comprendre le « branloir pérenne », aurait frémi d'une juste colère à se voir si sommairement détourné, d'autant que la formule au pluriel près appartient à Socrate. Les rotatives s'enrayaient, les caméscopes s'ensablaient, les langues de bois s'empâtaient et sur les chaînes la grande roue s'arrêta faute de carburants.

L'homme qui s'abandonne au charme de se souvenir entre peu à peu dans le monde enchanté de la première rencontre, près de la fontaine, un soir de printemps baigné d'une belle lumière orangée, à se regarder, rougir, se rapprocher, s'avouer, pâlir, se toucher pour la première fois ; d'autres ont suivi pendant plusieurs semaines : promenades longues, alanguissements tendres, conversations enflammées, danses sages ou échevelées sur des lits de fougère tissaient la trame d'un amour ordinaire.

La paisible jeune fille aimait à parler belles lettres ; entre autres lui avait-elle fait découvrir Balzac. Certes il connaissait de nom et de manuel, comme tout ex-lycéen de base, mais il gardait de son commerce épisodique avec Eugénie Grandet, la cousine Bette ou Madame de Mortsauf (ah si au lieu du cher ange on l'avait convié à pratiquer la sensuelle Annabelle, la face du môme eût été changée !) le souvenir d'un ennui pesant et indélébile. Rappelez-vous le bahut, lecteurs nostalgiques, tout se passait comme si les maîtres s'ingéniaient à vous dégoûter à vie de la littérature. L'étudiante trouva un biais malin pour gommer cette faillite : par le titre alléché, « Code des gens honnêtes », il s'était lancé dans la lecture, convaincu qu'il s'agissait d'une sorte de traité de droit civil, et très vite, tout en subodorant, malgré le sérieux et la gravité affichés par l'auteur, la supercherie eu égard à son attente de juriste, d'ailleurs clairement suggérée par le sous-titre, « l'art de ne pas être dupe des fripons », il goûta la vigueur des formules à l'emporte-pièce, la verve et le pittoresque des anecdotes, l'humour au sein même des anathèmes les plus abrupts, l'acuité de l'analyse soulignant le caractère aléatoire du destin social des individus dans « ce combat perpétuel entre les riches et les pauvres » ; dès lors la curiosité du professionnel le céda au plaisir de l'esthète, qui par la suite dévora in extenso la « Comédie humaine ».

Olivier donc souriait aux anges et au bonheur retrouvé, quand une cacophonie d'exclamations, de bruissements et de rires l'arracha à sa rêverie. Parmi la gent processionnaire arrivant par couples, monades ou triades, qui visiblement se préparait aux voluptés champêtres, une grosse fille, en nage malgré la chaleur déclinante, lui lança : « vous n'avez personne ? » et le plus que quadragénaire, attendri, ne sut pas dire non à la main qui s'offrait.

Il pose des tas de questions très en avance sur son âge, le petit garçon affamé de savoir, quand l'école est finie, pleines de sens et de raison, au grand dam des parents qui se demandent atterrés à quelle chaîne le vouer, pour qu'il leur fiche la paix de cinq à sept, à l'heure du catleya conjugal, mardi et vendredi, ou des corrections, lundi et jeudi, vu que le mercredi est consacré in extenso, ils n'ont pas trop des deux voitures et du gros cube à papa pour quadriller la ville dans les temps, aux harassantes activités ludico-hygiéniques, judo, informatique, danse, tennis, piano, natation, échecs et maths renforcées, dans l'espoir de former une tête bien pleine et un corps bien sain, et le week-end à se faire chier en famille avec toto-gogo-bobo. L'avenir est sombre : les tentatives de diversion échouent à tour de rôle, jusqu'à la plus pertinente, l'immersion encyclopédique générale, car chaque semaine un palier nouveau est franchi dans l'alphabet grec, vingt-quatre c'est vite grimpé. Qu'adviendra-t-il quand l'oméga rejoindra sur la moquette, transformé en gavial exsangue, le tau actuel parmi le grouillement de ses prédécesseurs, victimes de la boulimie du petit garçon au gros Q.I. qui ne laisse pas de questionner ? Alors les parents, lassés de fatiguer le ciel de leurs récriminations pour avoir engendré un accro de cette trempe, se ressaisissent et en pédagogues branchés mettent au point à l'instar des QCM un

SECU, système d'explications concises unifiées, pour obvier à l'avalanche.

C'est quoi, ça? une bouteille de whisky, fonction? roborative; et ça? une grosse cylindrée du banditisme international nommée Sadam Hussein, fonction? répressive; ça? un traité de psychanalyse, fonction? fictive; cette petite quenelle blanche qui penche à gauche? un pénis, fonction? copulative; et ça? un arbre, fonction? éducative; ça? un Indien d'amazonie, fonction? commémorative; ça? un professeur de chaire sup, fonction? décorative; ça. c'est quoi? un bayache ailé, fonction? récréative. ça? un verset divin, fonction? punitive; ça? un œuf, fonction? génitive; et ça? une déchirure dans la couche d'ozone, fonction? exterminative; et gentil-tranquille? un livre brut gâté par le recours systématique à l'invective et à la scatologie, fonction? curative; et celui qui joue aux échecs au bord d'une falaise avec l'homme en quête du septième sceau? la mort, fonction? rectificative et ça...?

Moi, c'est quoi? Un confluent de négations.

Quelle place aurait-il, quel rôle jouerait-il parmi ce bel assemblage de bouffons empressés à paraître, prêts aux prostitutions ordinaires pour accroître le réseau de relations utiles et figurer quelques heures au cœur des remuements bourgeois ? Il n'est ni proxénète, ni marchand de canons, ni dragueur de haute lice, ni artiste, ni minet de la jet, ni ennemi public numéro un, ni golden boy, ni sportif top-nigaud, ni magnat de presse, ni expert en langue de bois, ni trafiquant œcuménique, ni charlatan du soma ni... Comment un anxieux sur le retour vers nulle part ne possédant rien de la panoplie de la réussite, look d'enfer, regard de tueur, dents blanches fleurant le thym et la propolis, digitalique générale, saillies performantes, stick large, bien mieux en main que l'aristocratique canne homonyme, compacte et souple, qui servait naguère à fustiger les esclaves noirs ou bistres, comment un malade de l'amour qu'il n'a su ni donner ni recevoir ne serait-il pas laissé-pour-compte aujourd'hui, ignoré, abandonné de tous ? Sans tapage, point de reconnaissance et sans reconnaissance, point de compagnie. Un ingénieur de Susuquoi jongle avec les fax, un crétin avancé reçoit des lettres, des visites, des appels téléphoniques, un paranoïaque de pointe a des amis. Lui n'en a plus. Il est seul.

Il est indifférent aux tribulations des vastes troupeaux de cerfs et de daguets qui se répandent dans le désert saoudien, forcément indifférent, car de telles gesticulations médiatiques ne méritent même pas les orgues de la dérision, il devrait s'apitoyer comme n'importe quel franchouillard féru de prêche larmoyant sur le sort de professionnels aguerris, surentraînés et bien payés, sous prétexte qu'ils sont privés des divertissements ordinaires ? Les canettes de bière, les torses nus, les concerts de rock et les bordels de campagne souillent la terre sainte. Riez jaune, gobeurs de fientes rédactionnelles, car les chars, les casques, les canons, les lance-roquettes, les commandos suicide, eux, n'offensent pas le credo islamique.

Ils étaient sous la tente, morne attente, à exsuder les trop-pleins d'humeurs, quand s'offrit aux héros un passe-temps distingué, un concours de crèches entre les différentes unités. De quoi étancher la soif des calotins : la maman vierge et putain excite encore les puceaux et les mystifiés : mais l'autre soif, celle qui enflamme les mécréants rudoyés par le rut ? Le témoin indifférent ne s'alarme pas à leur endroit, car il sait ce qu'auraient dû savoir les minets audiovisuels s'ils avaient lu les bons livres, que « le vrai héros s'amuse tout seul ».

Est-ce qu'à l'époque, sale époque, les journalistes aux ordres engageaient les citoyens à pleurnicher sur l'enfer de sang et de mort vécu par les soldats du contingent ? Foutre non ! Les voix autorisées ne soufflaient mot de l'horreur quotidienne ; c'était une guerre abjecte, qui avait honte de dire son nom, on l'appelait pacification, gorgone aux cent crotales : arrestations, interrogatoires, crapahuts, ratissages, mises à sac de villages, viols, haine raciste, corvées de bois, écrasements de couilles, déportations, massacres… Est-ce que les ondes patrouillotardes vibraient de compassion pour les appelés, contraints de corps et d'esprit, manquant du plus élémentaire durcissement à tuer, abandonnés sur d'arides pitons rocheux qui les faisaient se concevoir comme n'appartenant plus au monde, avec l'angoisse rugine d'être égorgés ou d'égorger eux-mêmes sans espoir de jamais comprendre pourquoi tant d'acharnement, pour un prix si exorbitant, à conserver une terre volée le siècle précédent ? Est-ce que ces héros de l'absurde et du remords recevaient à Noël des cadeaux de leur colonel, stylos ou porte-clefs rehaussés d'incrustations en forme d'éperviers ?

« La gradaille, c'est mis sur la terre pour faire crever les mirlitons ». Pour ça, Céline, je t'aime.

Il se souvient du noir lacis d'interdits que le débit monotone de l'abbé D. tissait sur son esprit alarmé ; c'est par la femme que le péché a commencé, parole d'ecclésiaste. La voix onctueuse dénombrait les abominations sexuelles recensées par l'auteur des mystères du confessionnal : stupre, bestialité, sodomie incomplète, sacrilège, luxure, pollution, concubinage, fornication simple, vase postérieur, onanisme, sodomie complète… toutes passibles des derniers supplices. De quoi refroidir et nouer pour l'éternité le croyant amoureux, quand le désir point. S'est-il déjà rendu coupable d'un de ces crimes ? A-t-il regardé complaisamment les seins nus d'une belle femme ? A-t-il répandu sur les dalles d'un lieu saint une goutte de liqueur séminale ? A-t-il subi la fellation ordinaire ? Comment savoir ? S'est-il livré à des mouvements désordonnés entraînant un excès d'humeurs spermatiques ? Qu'est-ce que la fornication simple ? C'est compliqué. Où est le vase postérieur ? Ça terrifie et ça donne des idées. Il se raccroche à l'unique certitude : il n'y a point de péché mortel au coït conjugal, sous condition qu'il ait lieu dans le vase naturel, que le sperme y soit éjaculé et dûment conservé. Alors ils copulent naturel depuis deux lustres.

On a beau s'aimer d'amour tendre, accommodée au jargon mystico-castrateur, la chair est très fadasse : assise la frileuse au bleu de la carrée, elle attend, transie de peurs et d'inhibitions dévotieuses, des fois que par inadvertance le mari s'égare à quelque attouchement illicite, et pourtant ça arde au bas centre ; hier elle s'est roulée nue dans la neige pour éteindre les feux croisés de la concupiscence, en psalmodiant des exhortations pieuses extraites du traité de décence chrétienne, que les confesseurs remettent aux pécheresses martyrisées par les fièvres impures. Au froid des lèvres et au moite des paumes il devine l'embrasement du corps recroquevillé sous la chemise écrue ; mais sa main n'a pas plus tôt frôlé le galbe du sein emprisonné, est-ce un attouchement licite, qu'une bouffée de confusion empourpre le blanc visage de la coincée, qui baisse les yeux et se remomifie.

Soudain, juste revanche de l'art sur la vie, trop rance, trop miasmeuse, trop légumes bouillis en eau de vaisselle, le miracle : un ébranlement de force six secoue les chairs assoupies ; une caresse inédite, un regard appuyé, une fragrance lubrique, et la lumière a jailli dans leurs neurones ossifiés de routine : elle ne veut plus jouer la madone asexuée et soumise, il ne veut plus réciter le catéchisme marital la peur au ventre et au sexe. Se colleter avec l'interdit, transgresser les mots d'ordre antichair, dévoyer la copulation de sa triste fonction reproductrice, braver les supplices infernaux, c'est possible ! et puis ils comptent sur l'indulgence du Saint-Pitre, qui a une bonne tête de lèche Walesa. Alors saisis d'une furieuse fièvre anticalotine ils se mettent à nu, comme Franc Gontier et Dame Sidoine, une première, pour mieux des corps s'esjouir, ils sont beaux, ils rient, s'enlacent, s'enroulent, se dénouent, mouvements vifs et jouissifs, se malmènent, sentent sur l'échine des fourmis qui montent qui montent et qui descendent en cohortes endiablées, ils rient, ils sont nus, s'entrelacent, assis, debout, esquissent la brouette chinoise, pardonnez-leur car ils ne savent ce qu'ils font, à croupetons, sur les flancs, doubledieu, c'est frais, c'est lisse, c'est peau de velours, le gland butine les lèvres rieuses, attrapent à pleines paluches tout ce qui dépasse, doux doux, ça embaume, barattent, sucent et suent d'arrache-peau, cris et chuchotements, bougredieu tu me tues, tu me fais du bien, tiens, un orifice velu non identifié, un jour sa main l'avait effleuré à l'aveugle, il se souvient encore du frisson à ce palper volé, mais aujourd'hui quel panorama, il scrute, hume, goûte, ausculte, sonde l'abîme de jouissance positive tapie à l'intérieur de l'ovni, ils s'aiment, ils sont beaux, ils rient, rire jaune tout à coup, grimace lacérant la joie novice, à cause de la morsure vitriol de l'angoisse peccarielle, éternel retour de la pieuvre du conditionnement à trembler, ils vont y perdre leur âme, le sanctuaire anal est l'interdit cardinal, rappelle-toi la pluie de fer et de soufre qui consuma les sodomites, tous d'accord pour une fois, juifs, musulmans, cathos, abomination criminelle, sauf que chez les juifs la chose est permise à la condition expresse de n'y point éjaculer, dur dur, il brûle de tester le diamètre du trou du cul éblouissant, quelque illégitime que soit le vase, décoince-toi, foutredieu, dit la femme, qui dit merde à l'interdit, ils parient pour la terre et pour l'intelligence, quel risque en effet, jamais le ciel ne s'est mêlé d'un cul, le génial encyclopédiste l'avait déjà compris, et pourtant au siècle vingt les intégristes glabres ou barbus diafoirisent à l'envi, combien de siècles encore pour sortir du tunnel ? sursum sexa ! s'enfournent, s'enfouissent, c'est rugueux, c'est peau de vache, forniquent à corps retrouvés, ils sont nus, ils rient, s'entête-bêchent, les bouches cannibales saccagent infernal, comme à l'aube des temps, avant que vous, les hommes, souilliez la terre, avec vos tabous et manigances antibaise, c'est poisseux, c'est chaud, ça glisse, lapsus phalli, les humeurs partout luisent en grains d'albâtre, sur le drap maculé ils impriment en lais de foutre les contredits du franc jouir, qui un à un crèvent les bulles stériles du pape, jusqu'à ce que, fier comme le cerf bandant de Riquewihr, l'homme brame avec la raucité sauvage du Sioux à l'instant du scalp impitoyable, sacrébougredieu, gamahuche, gamahuche-moi.

Bientôt la guerre l'alourdit d'un dégoût d'une autre nature, strate subreptice se superposant à l'horreur des carnages prévisibles. La guerre éclair annoncée traînait en longueur, calme plat sur les cathodes, l'important était de ne pas troubler la digestion des vidéolâtres, la guerre sale sous édredon.

Au dix-huitième jour l'œil de papi Bush s'éclaira d'une lumière d'emprunt, qui du ciel lui inspira une pause-oraison : ça aiderait les Américains profonds à mieux gérer leurs scrupules de conscience. Une journée nationale de prière ! C'est gros comme un B52, saugrenu comme un corps de femme à tête d'homme, obscène comme un wagon de prose à la Dutourd and co, indécent comme les deux mamelles de la fidélité conjugale, bouffe et baise, écœurant comme l'odeur de vieille pisse des chiottes de lycée, triste comme le rêve brisé des émigrants ramenés de force au pays des aigles sur un vieux raffiot rouillé.

Le pol pot moustachu figurait plus justement le méchant que les mille et un visages insaisissables de l'enfer vietnamien, c'était bon pour la haine; détail de conséquence, car les Yankees ne connaissaient pas sous ce rapport le même degré d'hystérie que les sadamistes prêts à l'embrasement planétaire pour la plus grande gloire d'allah. Religion : ciment de légitimation contre multiplicateur de haine et de violence, c'était tout bon pour la guerre. À qui prétend incarner la vérité, son contraire est satanique, la mort soit son partage. Satan, c'est le dieu d'en face. Croissant fertile et billet vert composaient l'imagerie alternative du moment. Guerre et religion, ça copule gluant depuis les temps immémoriaux. Au siècle vingt finissant les hommes continuent de mélanger le temporel et le spirituel. Nihil novi sub marte. Les Polonais n'eurent pas plus tôt déboulonné les dogmes du stalinisme qu'ils troquèrent la faucille et le marteau contre la croix et la bannière du Christ. À l'est rien de nouveau? L'obscurantisme a l'avatar tenace. Vérité, mensonge, bien, mal, dieu, satan sont des mots raisonnables qui balisent l'espace de perpétuelle tension où tâtonne le parcours funambulesque de tout être humain en quête d'un idéal. Mais, confisqués par la phraséologie totalitaire propre aux religions pour engourdir et fanatiser le peuple, breloques d'intolérance vautrées copines avec les croix et les amulettes de mort sur le poitrail des dictateurs, ces mots engendrent le chaos. Qu'est-ce que le coran? Un tissu d'amphigouris qui dit tout et son contraire; dès lors ce qui n'est en temps de paix qu'obscure élucubration politico-poétique devient en cas de conflit redoutable machine de guerre. Les mollahs croassent, les fidèles croient, les croyants croissent, les croisés d'allah crament. Dieu pour la piétaille : ça galvanise pour offrir sa chair aux canons, mais ça ne fait pas gagner la guerre, car jamais le ciel ne s'est mêlé d'un scud. En vain dans G.T. classé X il déplorait que le très-haut fût servi à toutes les sauces. À la fin il fut las de ce moule archaïque; aux déçus du voyeurisme l'offensive terrestre promettait du vrai gore, tripal et porcesque, avec toute la moderne charcuterie bactério-nucléaire ; au bout de ce déchaînement la souffrance, irrémédiablement. Me voilà à la roue, cette guerre me colle un prurit à me bouffer les couilles comme l'antique Attis. Rideau.

L'homme et la femme qui cheminent de conserve dans la forêt se dirigent vers la fameuse clairière, d'où ils s'inquiéteront d'explorer le voisinage en vue de se ménager un nid d'amour. Mais les lambeaux de journaux et les papiers gras accrochés aux buissons, les canettes et les boîtes de conserve rouillées qui jonchent les abords du sentier n'augurent rien de bon pour le voyage sentimental. Marguerite, c'est le prénom de la grosse, il s'en réjouit, car il tient une nouvelle preuve du discernement de son maître d'optimisme, assurant qu'une femme a toujours quelque chose de la fleur, quelle que soit l'apparence, même carrément porcesque, comme en l'occurrence, explique que la clairière a été transformée en décharge publique ; de fait une vilaine saignée lacère le versant nord de la colline, par où les bennes charrient les reliefs méphitiques ; mais côté sud une partie de l'ancien baisodrome a été déclarée zone protégée, parc municipal en quelque sorte, sur plusieurs hectares, qui permettent aux énamourés de s'isoler et de jouir, quitte à s'astreindre à d'austères travaux d'assainissement avant de passer à l'action.

Marguerite sait où elle va ; elle déniche rapidement une aire propice, qu'elle débarrasse des ordures qui la déparent à l'aide d'une branche très feuillue, débris de bouteilles, rectangles de sparadrap, papiers cul, tampons hygiéniques… voilà un petit coin tranquille nettoyé des déjections et des cicatrices humaines, fourré épais, terrain plat tapissé de fraîches fougères, ample parapluie d'ombre, se dépouille du superflu vestimentaire, sourire intérieur : toujours ça de moins à démouler tout à l'heure, oh les tétasses, du jamais encré sur sa rétine, le tire à elle, planté stupide braguette plate et bras ballants, et feule : « baise-moi ».

Degré zéro du désir : il comptait échanger quelques bluettes et caresses courtoises avant… mais la grosse poufiasse n'est pas là pour pétrarquiser. Baste, une sienne moche vaut mieux que deux belles il aura, s'il faut sans rémission se prendre à l'âme la flèche au curare décochée par le héraut du fatalisme : « on couche avec des femmes qu'on n'aime pas, on ne couche pas avec les femmes qu'on aime ». Alors il s'allonge auprès de sa blonde barrique de lard. Un ululement en contrebas pétrifie la compagnie, une vraie chienne sous un toit brûlant. « Ciel, que lui vais-je dire, et par où commencer ? » Ça gratte, à regretter le confort naphtaline des niches pour passes furtives au pays du levant et du nikaï ; mais non, quoi de plus exaltant pour les gonades que les senteurs, les rumeurs, les frayeurs et les lueurs qui spiralent alentour ? « Olivier, mon amour, déshabille-moi », un assoupissement providentiel l'a replongé un temps dans les bras d'Irène lui chuchotant des mots tendres de sa voix de soie moirée or, mais la paillarde, avec ses vermisseaux de rides s'affairant un peu partout sur la graisse pleine peau de la panse et son strident rappel à l'ordre, est une impitoyable flingueuse de rêves. Il pleut ? Impossible.

Qu'est-ce qui rend la vie supportable ? Travail, pouvoir, religion, amour, défonce, création. Son travail s'est figé dans une gesticulation de routine, qu'on l'y laisse ! Son destin ne l'a jamais convié aux agapes du pouvoir et il n'est pas homme à ramasser les miettes des mafieux décorés. Il a quitté les cuisines confessionnelles en dégueulant ses tripes avant le plat de résistance. Biture et amour dans sa combine à lui sont intimement liés : l'autre ne va pas sans l'une, évanouis à présent dans les brumes des renoncements successifs. « On n'aime jamais personne, mais seulement des qualités ». Comment se pourrait-il qu'on l'aime pour ce qu'il a ? Il ne possède rien qui ne soit mousse aujourd'hui, déglingué ou comiquement inessentiel. Il n'est pas aimé, il n'aime pas, alors inutile de s'encrapuler au dernier degré : il n'a aucune femme à se sortir de tête, et si d'aventure une dessoûlée s'égarait à partager sa couche, le pire déboire le clouerait au mitan : après deux quarts d'heure d'acharnement érotique il éjaculerait sans jouir un soupçon de liquide litigieux. Le vide aux couilles, voilà l'horreur du troisième âge, la punition majuscule. Exit la fouterie et partant la soûlerie. À l'écriture de jouer.

Au commencement il réglait ses comptes avec les rétives et les furtives ; aimait-il à taper sur les femmes ? Nullement. Il faisait le coup de poing à l'aide de mots bien sentis pour endormir les blessures de vanité ; ce n'était qu'une cible parmi cent, plus sensible que d'autres. L'important est ailleurs : l'enfant débile a bousillé sa vie, personne autour n'a voulu l'entendre, parents, amis, connaissances, collègues, professionnels du médico-social, même dérobade, même indifférence, même débâcle, terrain miné, tabou.

Chacun porte sa croix, exact, le malheur des autres, désormais je m'en tape.

En plus de quoi la hideur du monde. D'où la rage de piétiner et boxer. Maintenant que colère, haine et amour, ces aiguillons si nécessaires à l'écriture, entrent en hibernation, fragile est l'équilibre, tiré à hue et à dia selon que l'état de tension ou de déprime l'emporte, et il accouche d'ahan un pâle tartouillis qui est à Guyotat ce que la polenta est au caviar, d'Ormesson à Montaigne, Péguy à Couté, Zidi à Angelopoulos. Guyotat, son maître d'écriture, pour panser les plaies d'un corps en délabrement et d'un esprit en mal de rationalité.

Il rêvait de produire, à défaut d'une œuvre parfaite engendrée par la vérité de son matériau, d'où s'exhalerait un parfum de quatorzième quatuor, une œuvre belle, belle comme un arbre dont le fruit serait à la bouche ce que le vent est au feu. Ne jamais desserrer l'étreinte, se cramponner à cette ambition : ces lignes, c'est tout ce qui lui reste de son appétence à vivre.

Le père du handicapé caresse le ventre poli du verre posé sur l'accoudoir, joue des tempes et des joues en souples effleurements avec les volutes en suspension, interroge mollement du regard les objets et les bibelots qui forment une mosaïque tridimensionnelle au hasard des surfaces disponibles sur les meubles et les étagères, grimace devant leur implacable indifférence, pense à tous ces couards des affaires sanitaires et sociales shootés à la cortisone et au mépris, ôte ses lunettes, écarquille les yeux en esquissant des glissements en orbites pour donner du muscle à l'accommodation défaillante, jette le mégot du cigarillo dans la cheminée, referme les yeux sur la silhouette élastique de Buster Keaton venue tout à l'heure s'accrocher à sa rêverie, tandis qu'il écoutait la voix rocailleuse de Vladimir Vissotsky, et sourit à la grâce retrouvée. Filant comme un cheval fou à travers les rues grouillantes de la cité, le génial contorsionniste du rire en pleurs, poursuivi par une meute de candidates au mariage, aérien et léger fend l'air et les obstacles les plus soudains sans jamais ralentir, franchit bientôt les faubourgs à force pirouettes et bondissements, fait irruption au sommet d'une petite colline, provoque à la première foulée un monstrueux ébranlement de rochers qui dévalent, le rattrapent, le frôlent et l'encerclent, mais il échappe à l'écrasement au prix d'un prodigieux ballet de zigzags, esquives, sauts et culbutes, et poursuit sa course ; quant aux harpies, elles... Le film s'est estompé, laissant l'homme qui ne rit jamais à son impassibilité blafarde de croisé de l'inutile.

Il loge le pouce et l'index droits dans les creux de chaque côté du nez et appuie longuement. Régénéré par cette pression et par le ballon de bordeaux toujours à portée de soif, il se carre dans son fauteuil ; un zap malencontreux lui inflige la trogne hilare d'un bouffon national conviant à une soirée sacrément débile ; il reçoit ce racolage braillard comme un déclic annonciateur d'une entreprise prochaine : des heures sombres l'attendent, il le sait. Le silence est rétabli. Sur l'oblique qui le conduit vers le rectangle de jour à l'autre bout de la pièce, il heurte un sac en plastique traînant près du radiateur, en détaille le contenu, slip, gant de toilette, polo, serviette de table, cravate en tissu éponge, ouvre la fenêtre : champ visuel en gris color routine, tronc rugueux d'un tilleul trentenaire, large parapluie de branches à frondaison épaisse ; il renifle avec application le fouillis d'odeurs assoupies qui tremblotent alentour. Derrière les droites brisées d'un rideau de cannisses la rue, silencieuse et grise. La vie n'est pas là.

Il devait primo s'exprimer comme au Figaro, d'ormesson pour le langage, pauwels pour les idées, référence obligée aux brillants champions du libéralisme qui entre deux tortillages racleurs sans chair ni musique accrochées dessus ne ratent pas une occasion d'aduler l'ignoble tartuffe du rif au français et aux manières si irréprochables, deuzio manifester une aptitude sans faille à la soumission. Quel était le malheureux assujetti à d'aussi viles contraintes ? L'enseignant qui se destinait à une carrière administrative. En cette fin de siècle le parler et le penser sont tenus pour accessoires, pourvu qu'à l'abaissement la tendance s'épanouisse pareil. Quant au professeur de base avec ses 13 500 francs mensuels pas nets d'impôt en bout de piste corvéable, de trois états l'un : ou bien il est cocu et content, ou bien cocu et pas content, ou bien pas content et pas cocu.

Sérieux, (à l'instar de ce laideron représentatif, à se précipiter incontinent dans les bras létaux du styx, qui pour justifier son refus de céder une heure à un collègue, s'avoue prise de cours dans sa planification, pittoresque lapsus calamiteux d'une mal baisée rêvant d'être prise tout court, de corps tant qu'à mal faire), consciencieux et ponctuel le cocu-content, qui porte dans le regard et à hauteur d'épaules le poids de sa mission éducative, phosphore, gratte, compile, discourt et corrige comme un malade ; l'angoisse sied au renifle-petit, surtout en présence d'un supérieur hiérarchique : il rougit, s'aplatit et bredouille, attentif à manger les vocables bannis ; l'employé sup d'en face lui sait gré de noyer dans la bouillie l'adjoint ou le sous qui blessent, il se sent proviseur, principal, directeur et c'est merveille comme à chaque caresse nouvelle il grille plus vivement de le devenir. Magiques fonctions administratives, leur volupté est d'offrir à chaque instant l'occasion de se sentir supérieur à ce qu'on est.

Tout en renâclant contre l'invasion du jargon technolâtre, fai, vhs, atos, enseignement différencié, iso, zep, zob, oh, toujours ce glissement vers l'immonde, ecade, modules de niveau, référentiels, cpe, pae, dispositif d'évaluation interne, le cocu de bonne volonté jospine juste, vénère les circulaires ministérielles (moins de français, plus de techno, condition nécessaire aux futures avancées culturelles ; il a mal et ferme sa gueule), tremble devant la DGH, moderne Némésis autour de quoi tout le système s'articule, et apporte sa contribution, malgré ses scrupules de gorge, pour initier une dynamique de projet global d'établissement « qui est en tant qu'élément fédérateur un outil opérationnel réaliste ». C'est quoi qui sourd comme sens de ce galimatias ? Il le saura peut-être à l'avènement du lycée réussite, son rêve.

Un échalas blême se traîne tout traviole dans le sanctuaire provisoral : odeur de gazon fraîchement coupé, rehaussée d'une senteur de poivre très tonique, bureau design bas de gamme, ambiance très professionnelle. Reviviscence immédiate; le regard affable, la main débonnaire qui dégage un discret effluve de vétiver et de chiquenaude ainsi que les mots sucrés attendus parachèvent le travail, effacent en un éclair d'optimisme retrouvé jusqu'à la raison qui l'avait fait solliciter une audience. Le voilà ravigoté, rasséréné, au top niveau de sa motivation, impatient d'améliorer le rendement; et le proviseur d'un coup de mâchoire vif et tranchant comme celui de la tortue alligator renvoie à ses chères têtes blondes le cocu-content, qui rame, passe des nuits blanches à compulser des dossiers, outille d'arrache-pied des actions pédagogiques innovantes. Ça se couche, ça baise pas, ça est heureux.

Qu'il soit petit propriétaire ligoté par le crédit ou grand passionné saoul de médiocrité, le cocu pas content, vêtu de velours, de laine et de camif, bosse comme un forçat : c'est la glane infernale aux heures sup et aux leçons particulières. Rénovation, dynamique relationnelle, travail d'équipe, formation, contrat de vie, communication, c'est son truc; coursier fouineur de la pédagogie de la trace, il maîtrise le discours psychopédagogique, vibre des messages dont les jeunes sont porteurs, besoin de transparence, exigence de qualité, fascination de la vitesse, qui est « la conjugaison du temps et de l'espace », scripsit rector, connaît la musique des sphères académiques et jaspine nickel la langue de bois administrative. Aussi se peut-il qu'à bout de nerfs et de découverts il se porte candidat aux concours de personnels de direction et sourie aux surlendemains fleurant bon le gain, le lustre et le répit; ce sont là prébendes à balancer aux latrines, mais qui comptent énormément.

En attendant, l'automate expert en didactique fonctionne, compilations, préparations, réunions, restitutions, corrige à se rendre malade, aliénation, râle, grimace, colère contre les conditions de travail, dégradation, qui annihilent les efforts consentis au fur et à mesure. Rien d'étonnant si la fatigue et le découragement accablent ce très déçu du socialisme : le voilà réduit certains matins trop couleur de pierre rongée par les pluies acides, à regretter, avec un ris amer, la visite annuelle d'un employé sup parisien qui venait dans sa classe sans problème le surprendre en flagrant délit de compétence et de conscience professionnelle, au lieu qu'aujourd'hui confronté à de vrais problèmes, à des situations paniques de violence et de voyouterie, laminé par la tragique inadaptation de son enseignement à la réalité nouvelle d'en face, s'il appelle au secours, personne n'accourt pour l'épauler et le conseiller, il est seul. Alors il rêve, il rêve d'obtenir, à l'exemple de ce monsieur de haute vertu, roi de son état, qui s'octroya une IVR éclair pour n'avoir pas à salir sa blanche main potelée en signant la loi scélérate autorisant l'avortement en son royaume (depuis cette galipette juridique inédite le couard a mal à sa conscience et il a beau se laver les pognes dix fois, vingt fois par jour dans un baquet de lessive fabiolatra, frotter jusqu'au sang avec un gant de crin, rien n'y fait : y a comme un chancre de forfaiture au creux) le droit à l'interruption volontaire de profession, pour tirer sa révérence quelques heures et ne pas crever d'overdose, comme une vulgaire fourmi nippone.

À force de ramer galère, le cocu pas content pue la sueur et le surmenage ; quand il se couche, il n'effeuille les jours de gloire que les livres qu'on « lit au lit » : si seulement il s'était joint au cortège des galles et émasculé sous un pin parasol pour délivrer son âme des boues charnelles ! La culture pour lui n'est plus ce qu'elle rayonnait : jadis, vrai rat de bibliothèque, il fréquentait les grands auteurs, s'adonnait aux loisirs studieux, conversait avec des esthètes et des artistes, taquinait la muse endormeuse, jouissait de la considération de sa concierge.

Et personne à l'entour pour le prévenir qu'il embrassait la carrière des zoneurs.

Le professeur du troisième type, catégorie en pleine expansion, ça rassure, rapport à la dignité humaine, est une espèce qui a décidé d'en faire juste pour son argent : pas plus de trente-trois heures par semaine (c'est géant comparé au rien foutre d'un colonel au salaire double planqué dans sa base ou son bureau parisien, avec primes quand il se met à bouger et transpirer un peu), pertinent principe qui lui permet de s'offrir quelques IVP salubres, hanter les salles obscures, rédiger un journal, croiser le graphite sur un rectangle de terre rouge... Est-ce qu'un professeur a des primes pour les nuits de correction ou pour les suées d'angoisse à la pensée des insultes et agressions possibles ? Malgré ses bonnes résolutions il ne laisse pas de dépasser le seuil fatidique, parce qu'il a sous les talons un trop lourd héritage de sérieux, de conscience professionnelle et de respect pour les élèves.

Nausée garantie en septembre pour le pas content pas cocu à cause de la brusque immersion dans le tiers-monde : au cœur de l'abondance et du gaspillage tapageurs le lycée lui rentre dedans comme une enclave du sous-développement : murs cafardeux, robinets pleurards, rideaux déchirés, serrures calamiteuses, tableaux vert bouteille criblés de cicatrices lépreuses, visages résignés, chiottes méphitiques, mosaïques brutes aux plafonds truffés d'écailles, automates dressés aux rigueurs des fourches caudines, tables tailladées où bites et culs le disputent aux invectives antiprofs... Et puis la vulgarité montante des usagers, l'amoncellement des copies, le poids de la routine, la solitude.

Bien qu'ayant très mal à l'éducnate, oui là, à gauche, entre l'épacte et l'indiction, en classe il se donne, s'accroche, parce qu'il croit à la vertu du questionnement et de la lecture critique, même si souvent il se trouve court à orchestrer la confrontation des points de vue ; d'où la farce aujourd'hui : face au forcing du rendement maximal, face au mirage technico-professionnel qu'un épais manteau d'enflures et de paillettes habille d'honorabilité, pareil à l'autre constellé d'étoiles du fameux embaumeur, l'ancien gauchiste est devenu foutrement conservateur ; le bougre n'en rougit pas, car il refuse d'être travesti en disc-jockey du fourre-tout institutionnel, il défend la littérature, la rigueur de l'expression écrite, la poésie, le commerce assidu avec les classiques et même, nulle dryade aux lèvres vermeilles ne l'a pour l'amour de lui jusqu'alors embrassé, le grec, « un luxe que nous ne pouvons plus nous permettre ». Qui a crachouillé cette extravagance ? Un distingué ministre saisi de fièvre ménagère : entre trois heures de grec hebdomadaires et un boulon de Rafale le nouvel humaniste ne balance pas, il choisit le boulon.

Les lecteurs sagaces auront compris qu'il n'est entre les groupes si grande différence qu'elle les oppose irréductiblement; une même galère scelle leur destin : trois rangs distincts de forçats, mais équipage de la même trirème.

D'où vient que les chers collègues, tout occupés le mois dernier à observer si l'outrecuidant local au cœur si racorni, pour avoir été durement fouetté par l'aile du temps, comme les poulpes cramoisis suspendus aux enseignes des vieux ports crétois les soirs de bonne pêche, qui a commis un opuscule satirique, a su placer la balle, n'y pensent plus maintenant? C'est que deux grandes causes d'ennui taraudent leur esprit en permanence : la montée de la violence et la promotion des nuls. Un sous-patron escamote l'ignoble grossièreté machiste, « t'as un beau cul, tu m'excites », d'une crapule de 16 ans à l'égard d'une collègue, en minaudant, l'œil veule atteint d'une micro-lueur, « chaque fois que je vais au boulanger du quartier, je me fais traiter de pédé », sur quoi le très con rit. Le même béera d'admiration puérile devant une machine très sophistiquée et très coûteuse qui crache à un rythme d'enfer sur l'imprimante les choses nulles qu'un nul y a enfournées.

La minimisation systématique de la violence, quand ce n'est pas connivence sournoise générant des accommodements douteux inspirés par les instances supérieures, accroît le désarroi et la solitude des enseignants; impuissants à enrayer ce nouveau ferment de dégradation, ils se replient sur eux-mêmes et, plus par découragement que par lâcheté, cessent de regimber, se résignent. D'où la passivité face à une autre dérive, avatar masqué de la démagogie lyrique du tout culturel qui fait d'un publicitaire un artiste et soupçonne de ringardise un fervent de Virgile ou de Montaigne, la promotion des nuls. Grâce au beau système d'avancement à paliers successifs, des imbéciles et des zéros confirmés accèdent aux grades et aux responsabilités les plus élevés. Les carrières les plus fulgurantes s'affichent dans la section vie scolaire, pour peu que les nuls en question aient l'entregent et la flagornerie requis : en l'espace de quelques années on devient, alors qu'on n'était rien, certifié, agrégé, proviseur et inspecteur académique ; qu'importe en quelle proportion, les statistiques officielles manquent encore de fiabilité : qu'un seul y parvienne et toute la rhétorique gluante sur la rénovation et la compétence coule à perce comme du tonneau des Danaïdes. Les promus automatiques allumés de gestion, avec leur gueule à militer à Farce Ouvrière, si de surcroît ils sont des nuls avérés, les voilà qu'ils ambitionnent des charges plus lucratives et s'exercent à l'autocratisme primaire.

L'homme qui entrevoit à travers le feuillage un losange de ciel d'un bleu soutenu constate qu'il ne pleut pas ; l'aspersion est imputable aux messalines en herbe d'à côté qui pissent de joie sur le vert tapis de l'innocence perdue.

Avant de l'embrâsser, il prend le temps de poser sur le a un bel accent circonflexe, car ce qu'il enlace est franchement dégueulasse. Olivier la voudrait embesogner d'une autre semence par une voie plus spirituelle, mais sous lui se lovasse une gisante insatisfaite à bille épaisse qui le harponne goulûment, et le contact plus appuyé lui fait la sensation de s'enfoncer dans une mer de saindoux. À la faveur du haut-le-corps qui s'ensuit il entraperçoit dans le bosquet mitoyen un vénérable chenu arborant un phalle à rendre jaloux le duc de Blangis en personne ; d'où le tient-il, si roide, si gloireux, si zénital, à l'âge où d'ordinaire on est frappé de crépuscule testiculaire ? Lancinante interrogation ; peut-être absorbe-t-il chaque matin une bouteille de perrier au benzène, comme le conseille Figaro-madame, à moins que ce ne soit un effet tangible du nirvana électronique promis aux adeptes du new age.

La grosse Margot, comme dans la ballade, lâche un « pet foireux » ; ça fouette infernal. Nouveau coup d'arrêt à la bandaison, et comme le cocktail de sons et images suggestifs offert par les joutes voisines ne suffit pas à échauffer son imagination, il se concentre puissamment sur son émoi, selon des techniques empruntées à l'énergo-chromo-kinèse, pour forger autour de son moi une cuirasse imperméable à la hideur ambiante, haleine puante, jacassements suraigus, tenailles d'ongles fichés dans sa chair vive déjouant tout mouvement de repli, kilolitres de sueur dégoulinant des falaises et des promontoires qui roulent et tanguent à chaque respiration, tout en s'attachant à susciter des tableaux salaces puisés au tréfonds de sa mémoire, mais il a beau entrer en lui-même, s'exciter à cette alchimie incantatoire, s'inventer des souvenirs d'érotisme débridé, souquer ferme, tirer d'ahan sur les bras, son vit n'est pas à la hauteur de la situation.

Il s'offre certains matins le plaisir fastueux de guetter le facteur ; il n'est qu'un paresseux studieux, non un être luxueux à l'image de l'Indien, puisque le luxe véritable est de vivre en harmonie avec la nature, paradis perdu, qui jouit du privilège d'habiter ailleurs que dans un clapier alvéolaire. Du bureau exigu où il travaille à démêler le vain du futile, il voit le spectacle de la rue, déroulement morne et gris, du Beckett en quête d'un personnage, où le facteur jouerait le rôle unique, puisqu'il n'attend personne. Il aime à se livrer à l'une des toutes dernières frivolités en ce monde périmé où amour, tendresse et passion, ça dépend du courage, de l'âge ou de la rage, deviennent un luxe de retraité et de chômeur.

Trois mois de long la même absence lancinante de toute surprise épistolaire : qui dira la vertu lénitive dans ces instants de crispation et de nuit d'une petite suée à la Onan pour réintégrer la chambre close du dégoût salubre ? Ça met K.0. le pernicieux espoir quelques heures, avec durée variable des effets d'un individu à l'autre, pareil que les médicaments. Comment appellent-ils cela les prudes, les coincés, les écrivains pseudo-vertueux ? Ils n'appellent pas, mais font ou font faire ; à preuve les petits jeunes gens en mal d'honneur du bon Beyle : comment tiendraient-ils, comment garderaient-ils la tête froide, après que ça a eu cristallisé, et intacte leur aptitude à analyser la situation, (quelle stratégie pour obtenir d'elle la plus grande preuve d'amour ?) et leur inclination, (amour-goût ou amour-passion ?) sans jamais se départir de leur sentiment de supériorité si, dans les moments difficiles où le désir rend nerveux et obscurcit la vision des choses, quand la peur de la femme, la phobie du fiasco, la hantise de déchoir et le doute de la cristallisation elle-même les taraudent méchamment, ils ne s'adonnaient à cette suprême manifestation d'égotisme bien compris ? Bref l'autosatisfaction sexuelle garantie. Bien vu, Beyle.

Le père du handicapé songe avec effroi au coup de poing qui a percuté le menton de son fils, riposte réflexe à l'agression brutale qui tout à l'heure a fait voler en éclats ses lunettes, en lui entaillant vilainement le cartilage nasal. Il est temps de mettre de l'ordre. Il se souvient de la voix grave et soyeuse, caresse aux lèvres et aux tripes, qui en a assez des mots, assez des phrases derrière lesquels s'embusquent les frileux de la vie en direct qui mettent un filet au-dessous de leurs désirs, de leurs délires, pour que moins dure soit la chute. Comme eux maigriot et lâche, il a laissé se refroidir la passion de l'envol, perdu l'espoir de se lover au creux d'elle pour déchiffrer sur les losanges de chair les fragments d'Héraclite.

Il regarde sans attendrissement le capharnaüm d'objets éparpillés sur son bureau, qui circonscrivent un espace aléatoire où écrire. Il avale un canon vermeil foncé, il aime ce qui se trame à l'intérieur quand ça visite les boyaux et les viscères. Une voix familière le questionne sur son emploi du temps. Tout le fouillis hétéroclite est éliminé sans détour : enveloppes autocollantes, spray buccal, blocs rhodia, factures en souffrance, liasses de papier, porte-clefs avec micro torche chromée, feuilles de maladie, bombe volcanique, dictionnaire des synonymes, chemises cartonnées, chouette en serpentine et divers, en vrac entassés dans des sacs en plastique casino code 1935. Les quelques livres en vadrouille sont sommés de réintégrer leurs pénates ; l'un d'eux réussissant un ultime tour de séduction s'ouvre subrepticement à la page 68, « on croit posséder, parce qu'on n'essaie pas de donner, et quand on essaie de donner, on voit qu'on n'a rien » ; il n'en est pas moins remis à sa place entre Darien et Diderot. Bics ordinaires et Pentel superball dûment rencapuchonnés sont alignés au centre ; classeurs et revues (Géo, Reportages, Edj) empilés au cordeau sur le bord de la table côté fenêtre dressent une muraille de signes à l'épreuve du temps ; l'étui à lunettes est posé sur la bissectrice de l'angle côté bibliothèque, où la souche d'olivier transformée naguère par le ciseau à bois en tour fortifiée du Mani veillera à ce que l'immobilité minérale règne sans partage sur les lieux.

Il écrit à bride abattue, comme pour endormir le mal chronique du ressassement, doutant de l'utilité de répéter des choses formulées par d'autres depuis qu'il y a des hommes et qui grattent pour survivre, comme lui. Va-ce être une pâle redite du premier livre ? C'est à craindre, il passera outre, car la condamnation à 135 pages fermes est drastique ; en saine démocratie on ne revient pas sur un arrêt de justice, point de remise de peine à espérer en faveur d'un individu coupable de déloquer le tissu social en pensant par lui-même, un réfractaire qui tâche à préserver sa révolte du baume de la Résignation tranquille, un « penseur anarchiste », pour reprendre les termes flatteurs de la lectrice clandestine.

Deuxièmement il se moque bien d'être encensé ou cloué au pilori, puisque, tout bien ou mal considéré, pour lui, écrire, cette folie l'excite, c'est couper les ponts. Il en veut pourtant, pauvre bougre perclus de Contradictions, aux silences blasés de ses collègues. Aucune divine surprise non plus du côté de chez Polac, dont il attendait ne fût-ce que trois ou quatre lignes, qui auraient salué avec Esprit parmi le stock quotidien livré par les éditeurs un

Livre brut ne se prostituant pas aux diktats de la Médiocratie normalisatrice.

D'humeur ou d'humour l'acte gratuit n'est décidément plus de mise dans les Cercles lettrés ; le remuant Animateur usera de son droit de Réponse s'il s'en sent visé, mais la parisianite aiguë enflant ses pairs gens de lettres le ruine aussi, qui l'empêcha de prêter une oreille attentive au cri de l'homme blessé décochant ses lazzis vengeurs sur lepenhochet et ses nazis. Car qu'est-ce qu'un livre écrit par un inconnu, sans Éditeur, venu d'une lointaine Province, au regard des ouvrages soufflés aux hormones du Conformisme ? Un pur Néant. Il n'est bon Bic que de Paris.

Pour être publié, d'une chose l'une, il faut avoir un nom porteur ; de lui dépend l'à-valoir. N'oubliez pas, book is money.

Alors avalez les bénéfices des à-valoir et publiez des merdes. Côté cour les chiens de garde des Orthodoxies bourgeoises impriment sans le moindre bronchement de conscience les chienneries vichystes d'un misérable petit maître chouan, chiant et con à la fois. Plus c'est indigent, plus ça gesticule autour, et plus ça rapporte gros. Albin Michel l'a pris pour un Penseur, parce qu'il met une majuscule à tous les substantifs. Faut dire qu'à droite ça ne se bouscule pas au laboratoire de la pensée, et à gauche ? On a eu pensé.

Justement quoi de plus farcesque, par les temps qui chamboulent l'ordre du monde, que d'éditer un livre de Marchais sur la démocratie ?

Lui, il n'a ni nom ni à-valoir..., qu'il se console pourtant ; le Voyant n'intéresse même pas ceux qui le publient : suite à un savoureux canular, des éditeurs parisiens, piégés par un farceur érudit, refusent aujourd'hui Rimbaud sous signature anonyme pour manque d'originalité, excès de pathétique et faiblesses d'expression. Quant à son texte, si d'aventure... il ne supporterait pas de le voir caviardé par un quelconque ayatollah de bonne maison, aussi bouché que l'autre fameux qui voulait supprimer les trente pages « employées à décrire comment un monsieur se tourne et retourne dans son lit avant le sommeil », ou par un obscène marchand de soupe au piston, grasse comme le Grasset du temps jadis qui humilia publiquement le génial bâtisseur du temps retrouvé. Parenthèse close.

Il porte haut le label de démocrate, se montre ouvert et dynamique, donne dans la simplicité, sans pour autant se départir du zeste de gravité nécessaire à la reconnaissance de sa splendeur : le patron standard des établissements scolaires concentre toute son énergie à l'accomplissement de sa mission, organise son temps et son discours autour de l'objectif prioritaire, rénover. La rénovation passe d'abord par la liquidation sournoise des disciplines fossiles, grec, latin, dessin, musique, langues vivantes (sursis accordé à l'anglais, faut bien causer business avec les nippons) : elles ne servent à rien, vaticine à force ergo péremptoires le proviseur-fossoyeur devant un aréopage de parents brûlant d'exhiber dans les cocktails une progéniture diplômée C. Qu'est-ce qui est important au lycée réussite ? Le contrôle des absences, la prolifération des barreaux, le verrouillage des portes et guichets, la glose opiniâtre des textes officiels, l'arrêt des conciliabules d'amour.

L'autre clé du dépoussiérage rénovant est la communication. Le proviseur nouveau est à bonne école : son très supérieur hiérarchique, à coup sûr amputé de sa rectrice, comme les cigognes sédentaires du parc de l'Orangerie qui veillent aux destinées de l'Europe, puisqu'il n'éprouve pas l'expresse envie de se caleter et prendre son envol pour un ailleurs moins étriqué, moins fiente de pigeons tartuffards, (d'où vient que cet ectoplasme vêtu de gris et d'éphémère, le regard fuyant, semblant égaré dans le dédale des couloirs, rase les murs, comme s'il s'excusait d'avoir à frayer avec les autres ? Ne vous en étonnez point, ombre parmi les ombres, le malheureux collègue a du vague à son statut : il appartient à une espèce nouvelle, titulaire sur poste fictif, qui le condamne à rouler sa bosse parmi un labyrinthe d'angoisse en quête d'une classe où donner de la parole et exister, avec l'espoir que les magiciens de la rénovation mettront fin à son errance, en lui prêtant vie et dignité ; d'ici là, inlassablement, il tourne) communique à outrance, multiplie les circulaires motivantes, dégouline de sollicitude à l'égard de son personnel, au point de lui souhaiter dans une pastorale édifiante « toutes les satisfactions professionnelles qui font l'agrément de la vie », quand visiblement, chers collègues, vous vous faites chier, crevez de rogne et voyez l'avenir en rose pute. Alors le proseur se répand pareil, circularise, convoque, fait attendre, un minimum de vingt minutes, le temps d'asseoir l'honorabilité de sa fonction, même s'il est seul dans son bureau bas design à relire les dernières aventures d'Astérix ou à rêver d'une ventrée de gambas marinés aux pétales d'ail en prélude à une étreinte volcanique sur un lit de julienne (son affaire est d'exorciser l'horreur d'être devenu pour l'amour des paragraphes et des points virgules un homme de peu de fois, une par mois à tout casser) prospecte, dynamise, martèle ses certitudes, décide. C'est un homme de dialogue, il parle, se grise de se découvrir si beau discoureur, s'arc-boute sur son point de vue, tout contradicteur est un nostalgique du passé, un ennemi du lycée réussite, n'écoute que lui, ignore la différence entre dialogue et monologue. Est-ce qu'on s'attarde à de telles finasseries de langue quand il s'agit de trancher dans le vif pour œuvrer à la modernisation ? Sus aux préfixes, suffixes et autres affixes fauteurs de nuances obsolètes ! Puisque dia et mono sont pareils, le proseur (si peu, car il est quasi inculte, poseur siérait mieux) pratique le logue ; dans cette voie du charcutage propice au mentir vrai, colloque amputé d'un tronçon fait loque, directeur, recteur (gros afflux de secrétions palatolinguales à ce dernier avatar, car il jouit, le promu imaginaire) ; avec un gros mangeur, introspection devient inspection, communiquer niquer : riches champs sémantiques. Et rectoral ? ça dépend de ce qu'on mange ; recto ? médiocrement jouissif ; et si on n'avalait que deux lettres au centre ? Oh, toujours le même glissement vers le scato !

Les trois coups libérateurs ont annoncé l'entrée en scène du professeur nouveau, un as du relationnel bien coté en flexibilité, profil haut, menton chercheur, attaché-case en bandoulière, œil clair, démarche ouragan, de quoi jeter aux oubliettes de l'Histoire jusqu'au souvenir de certaines dégaines d'antan, le gars lunetté, gauche, boutonneux et bardé de diplômes, style normalien sup; le must aujourd'hui, c'est l'absence de diplômes, la ligne mongolien sup : moins il y a de diplômes, plus il y a d'assurance et plus il y a de savoir être à l'école. Au commencement était le savoir, au commencement de la fin le savoir-faire, à la fin le savoir être. Vivement les nouveaux profs, qu'ils induisent, réduisent, mainmisent, banalisent, manuèlisent, atomisent, dogmatisent, automatisent, informatisent, technocratisent et vous sotcratisent !

L'homme qui laboure la femme sans résultat songe à souscrire un contrat d'assurance-vit dès son retour; un ami lui a vanté le plan longue queue de sudarnac : il paraît qu'ils l'accordent aux plus de 45 ans sans examen médical ni questionnaire de santé : super. Pour l'heure, prisonnier de la goule, il est complètement bloqué, comme un spéléologue engagé dans un boyau s'étrécissant, car les puissants contreforts des cuisses forment une cocasse autoceinture de chasteté qui entrave toute progression ; impossible de se frayer un passage à travers ce bouclier lipidineux. Deux corps, dans la diagonale du houx, à gauche, dansent un ballet frénétique avec bruits, rires, succions, blasphèmes, claques, barrissements, gazouillis rieurs : ils s'entrebaisent à pleine vigueur de reins et de mâchoires, ça queute infernal, foutre-dieu enconne-moi, et godent à profusion, dieu les sauve ; une femme ressemblant à la fiancée de Frankenstein se dresse soudain, zébrant le jour déclinant d'une écharpe ivoirine. Olivier voudrait s'arracher aux griffes de la harpie, bondir, caresser la créature, s'asseoir sur la chair électrique, son rêve depuis tout petit. Mais la malotruie veille au groin ; elle desserre l'étau de briques molles, désarçonne l'avocat qui en glissant sur la paroi visqueuse tombe nez et bouche à plat entre les tétasses, qui lui infligent une horrible sensation de vieilles wassingues imbibées d'Ajax ammoniaqué, fugitive néanmoins, car d'une brusque poussée sur les épaules elle le propulse au cœur d'un royaume humide hérissé d'algues et stalactites. “Suce-moi”. Malgré des cervicales durcies au gel des mortes saisons successives, il s'aventure, reptation lente, dans la forêt rien moins qu'aromatique et suce, langote, suçote, y a comme un goût de loukoum au poivre, sue, s'use à cette étude, sans autre résultat que les grognements exaspérés de la sucée. « Attends, je vais y mettre du mien ». Par l'effet du mien, il se retrouve en un tournemain sous la grosse qui n'y allant pas que d'une fesse l'étrille et le viande sauvagement. Râles et couinements emmaillotent la futaie : une mince pellicule laiteuse, se lovant entre les troncs et les cimes, tisse un voile amical sur le concile d'amour ; partout ça décharge infernal.

Le bougre se répète ? Je devine les agacements et les sourires entendus de quelques béotiens : qu'est-ce qu'un tâcheron au regard d'écrivains confirmés comme Druon ou Decoin ? Quoi de répréhensible pourtant à reprendre les mots charnus et drus qui dynamisent la trame, et quoi de surprenant ? Tous les artistes se répètent sans vergogne, à longueur de chapitres, mélodies, séquences et toiles. Cette latitude serait-elle déniée aux signatures obscures ? Alors encaissez mes redites ou brisez là.

Pareil à tant de quidams bien nés, l'opiniâtre chemineau en quête du graal d'amour emprunte depuis des lustres des sentiers semés de trop d'épines menant à des lacs trop noirs pour espérer que s'y mire intacte indéfiniment son image d'invariable optimiste qui croyait dur comme bille de bois acadien aux bienfaits de l'existence et relançait hardiment la mécanique des appétits défaillants, écrire, aller au spectacle, rencontrer des gens, courtiser une femme, randonner en bordure de l'Inlandsis. Trop d'avanies et d'échecs ont fini par briser sa résistance au renoncement. Seule la rêverie prolongée pourrait lui assurer l'immersion totale dans l'illusion, il veut le croire, le bonheur sourit aux léthargiques.

Après avoir imposé silence au vomi suce-miel qui s'étale sur les ondes, volets clos, posture homologuée, andante du cinquième quatuor de Bartok, yeux tournés vers l'intérieur, opiums de base à portée de bouche : noix de confiture hallucinogène et ballon d'armagnac, suave caresse d'un nuage subtil s'exhalant d'un pur havane, il entre en chimère : aromatique poitrine et si palpable, présence tangible d'un corps féminin à pétrir et jouir, une tumescence discrète au centre secoue le calme lagunaire, tout son corps la réclame, mais une claque de lucidité le rend en un instant aux cochonneries positives ; la réalité a l'étau dur.

Saoul de contrariétés du même type, à la fin il renonce à ces fallacieux clins d'œil à l'espérance, non sans se demander parfois, car l'espoir renaît sans cesse de rencontrer l'âme sœur, s'il ne va pas s'aller faire voir chez les gays, terra incognita excitante à fouler et déchiffrer, au grand dam des tulipes noires de l'idéal. Oui, mais jouer à quatre mains et quatre genoux avec un mec, sculpter le gland d'un gonze, une telle reconversion à son âge, bonjour les dégoûts !

Il écrit sans être écrivain. Le voilà donc poète, s'il faut en croire le médiocre touche-à-tout qui se prenait pour Orphée. « Le poète doit laisser l'initiative aux mots » : gifle imprévue, car les mots, il les bride, les aligne et les quadrille, attentif à ce que rien ne se trame sans son contrôle ; comme s'il allait s'embarrasser de leur reconnaître le droit de cavaler où bon leur chanterait ! Ni écrivain, ni poète, encore moins philosophe, puisqu'il ne produit pas de concepts, tout juste une pincée d'idées et d'images, alors rien : il s'assume comme ce rien ne causant de rien.

Écrire, pour lui, c'est enchaîner les mots pour vivre moins enchaîné ; l'important est de garder intacte la colère nourricière que les coups de boutoir du temps entament et laminent à force en martelant sans cesse la douceur de se laisser glisser le long du toboggan de l'indifférence et du renoncement. Hors des situations de violence physique on n'a jamais d'ennemi que soi-même : là est l'ennemi principal, le ver qui lui grignote la plèvre et l'emplit d'une fatigue si lourde que durant de longues torpeurs la rage d'écrire déserte sa chair. Courage, encore un effort : il a effectué plus de la moitié du chemin ; il doit entretenir en lui, comme la seule richesse à portée de quinquagénaire avancé, cet état de tension sans lequel il n'ira jamais jusqu'au bout de son alarme, qui s'allonge pudique sur le vélin extra fort. Et crânement son braquemart, pourtant en rupture chronique de verticalité, vient à la rescousse en narguant, hilare, l'étoile du Berger.

Le père du handicapé sourit à la lampe halogène, Chéops de chez camif, qui bien carrée sur son socle pyramidal contemple de son haut les figures pérennes de l'ordre retrouvé.

La voix familière réitère sa question, s'impatiente, change de diapason. À quoi bon répondre ? Est-ce qu'il parle, lui, pour demander, se confier, expliquer, se plaindre ? Souffre-t-il aux lombaires, aux hanches, aux genoux, ailleurs, à cause de ce tibia à la limite de la rupture ? A-t-il des maux d'estomac à force d'engloutir vorace des tonnes de gâteaux, de nouilles et de confiture mêlés ? Impossible de savoir, puisqu'il est muré depuis toujours dans un caisson de silence. Encore un canon, le dernier, très gouleyant ; il balance le verre dans la cheminée. La voix familière claque la porte.

Un balayage distrait lui fait apercevoir, comme recroquevillés l'un sur l'autre sous une chaise du séjour, deux sacs en plastique : le moitié plein, grossi du coffret à cigarillos, rejoint prestement ses semblables dans la poubelle, l'encore vide reçoit dans son ventre extensible une chemise, un slip, une paire de chaussettes, un pyjama, une brosse à dents, une chaussure montante, deux mouchoirs. L'âme de la terre ne se laissera pas écraser par les bottes ; un coup de pied sur le tourne-disques met fin aux colères de Vladimir. Le père du handicapé accroche le sac rescapé à la poignée du radiateur et s'installe devant la fenêtre. « Voyant qu'on n'a rien, on essaie de se donner, essayant de se donner, on voit qu'on n'est rien ». Il attend, collé à la vitre.

Aux branches du tilleul quelques feuilles ont jauni. La buée compose un feston de formes arrondies que de minuscules grains de poussière irisent de brillances variées ; son reflet s'y superpose : le nid de rides autour des yeux a grandi. La vie est dans ce flou abstrait.

L'homme qui étouffe sous le quintal gluant crie pouce, s'égosille, appelle à l'oxygène, glapit si haut qu'un silence de fiascos conjugués s'abat soudain sur le baisodrome sylvestre. Y aurait-il un sadique dans les parages ? Des commandos de renslipés en hâte pointent leur curiosité maligne sur les corps du délit ; ils ne voient rien qui heurte, ni armes blanches, ni fouet, ni chaînes, ni flaques de sang, et chacun de retourner à ses suées sur les lits de fougère.

Libéré de l'écrabouillement Olivier rompt l'assaut; impuissant à trouver les mots qui épargneraient à Marguerite de se sentir humiliée, il s'enfuit épuisé et penaud : il lui coûtait qu'elle le crût capable de la châtier, comme un vulgaire Sintès, en la laissant à sa faim.

Il marche sur des corps tétanisés par l'orgasme, suspendus à l'angoisse de disloquer l'étreinte, comme pour grignoter quelques secondes d'illusion avant le désespoir de se redécouvrir parcelles détachées après l'ardente soudure, îles sans archipel, franchit des corps blancs d'éphèbes écrasés par le sommeil d'après foutre, seuls au tapis, car les filles les ont vite plantés pour revenir à leurs chiffons ou à leurs calculettes, aperçoit la flèche gothique, respire avec volupté la nuit turripinoise, de quoi oxygéner durablement le frais viatique d'images et de sensations, qu'il sera doux et cuisant au crépuscule des deux de se remémorer le soir au coin du feu, empoigné par le chant ensorceleur d'Angelica, à moins que dans l'épais brouillard où la grosse Margot se sera évanouie ne subsiste sur sa rétine qu'un sourire de grenouille surprise par la terre ferme.

Moi, c'est quoi? Un témoin impuissant devant les progrès du fascisme mou. On vénère l'individu, inaliénable conquête de la démocratie formelle, à condition toutefois qu'il se soumette au collectif. Darien, de dégoût, en aurait brisé sa plume libertaire. Contrat, diététique, prévention, fraîcheur fa, épargne, ketchup, assistance, médias, performance, crédit, jeux télévisuels, vaccins, protection électronique, check-up, cool et clean, couac 40... sont les sésames de l'état prévoyance. La coercition brutale n'ayant plus droit de cité, l'irrésistible passage de l'état providence à l'état prévoyance (piquante pirouette lexicale) instrumente des variantes douces aux muselières anciennes. Matraquage publicitaire, chantage sécuritaire, fichage binaire sont les trois agents fourbes du modelage des comportements.

Et si malgré les activités professionnelles, les loisirs dirigés, les roublardises psy, les séductions moutonnières, les abandons professionnels et les anxiolytiques l'individu a encore mal à sa différence, s'il se sent encore coupable d'aconformité au collectif, le mutilé du bonheur grégaire recourt aux formes sophistiquées d'engourdissement de la conscience, sectomanie, new age, aventure extrême, programme cholestérol etc... Charlatans du soma et escrocs de la psyché uniformisent de concert.

Haro sur les dérapages ! Un prêtre et une nonnette bouche contre bouche s'affichent ad majorem benettoni gloriam : vraiment pas de quoi avaler la fumée, mais les assurés tous risques outre-tombe, culs bénits enouatés d'indifférence à la faim, aux bombes, au sang répandu, sourds à la souffrance réelle, vitupèrent l'image belle et roborative. Vindicte superflue : les sexes sont mous, fatigue, satiété, péril ; l'amour à mort ? des clous, on se préserve. Ne plus fumer, ne plus boire, ne plus baiser, alors planer. Les corps planent aussi.

Tout se dévoie en mode de reconnaissance sociale, jusqu'à la quête de l'extrême. Ainsi du saut à l'élastique, clou du risque et de l'absurde, récupéré par les névrosés de l'esprit grégaire. Le type à la cagoule tremble sur le parapet, s'il embrasse le danger, c'est pour mieux s'intégrer, le groupe est groupé autour de l'impétrant, il ne peut plus parler, regarde en arrière, la trouille lui pète la langue, le groupe solidaire l'encourage, le soutient, le pousse dans le vide. Tu es des nôtres, scandent en faux bourdon les grégarisés de l'entreprise, grotesque réplique du joyeux rituel des muflées d'antan.

J'en appelle aux aménageurs de vie, osez, soyez ricains, bichonnez-nous des programmes façon cholestérol, que nous soyons tous des clones heureux. Nihil novi sub jugo. Citoyens sous édredon, insoutenable bonheur que la mise en boîte de la vie pour mieux la conserver ! Bien qu'homme d'ordre et de tradition, le « visionnaire passionné » exaltait l'individu qui choisissait de vivre intensément en s'exposant à tous les risques, quitte à ébranler l'édifice social et à abréger son séjour en cette mêlée de larves. « Le saut n'est pas si lourd du mal être au non être ».

Aujourd'hui de chagrin Balzac se mourrait d'un cancer de peau. Quant au « bonhomme » il rirait aux mânes d'Esope, pour avoir si congrûment fustigé l'imprévoyante cigale. Laissez-le rire, sa morale vaut son pesant de ridicule.

L'homme qui vient d'entrer, fourbu, dans le bar tabac livide de la grand-place grimace laidement. Son touchant pèlerinage a tourné court et aigre ; il a trouvé ce qu'il ne cherchait pas, une douleur oubliée, de la douleur en barres cuisantes, que l'équipée sauvage n'a pas calmée. Dans le vacarme enfumé, lui c'est elle plus souvent qu'à son tour : il souffre. « Pauvre chien de bonne volonté, vois la lune qui te cafarde », il écoute, crispé sur sa bouteille, les invectives lyriques de son chanteur préféré d'avant elle, en buvant force rasades d'un whisky pur malt vieilli en fûts de chêne mordoré, selon la confidence complice du mastroquet, pour tuer la volée de réminiscences amères, noyer la blessure imprévue dans une mer d'alcool brûlant, brûlant comme les mots sans culottes « venus de l'autre rive » qui giclent du juke-box. Il n'a pas long à tituber pour rejoindre son hôtel à l'heure des caves ; dans le caniveau sous lune un rectangle de celluloïd luisant jaune pâle attire son regard embrumé : une absence uniformément grise, comme un paysage de brouillard ; le négatif est rendu au ruisseau. La chambre lui paraît maintenant accueillante malgré, accroché aux murs, rideaux, couvre-lit, draps et incrusté dans la paille de l'unique chaise, le relent persistant de moisi et de chair vieille ; sans doute aspirait-il secrètement à cette intimité retrouvée.

Olivier s'affale sur le lit et s'abandonne, saturé de gnole et de fatigue, au flux d'images et de sensations qui se télescopent dans son esprit engourdi, incapable, avec ces trop rares éclats, (« vous êtes devant une femme et vous cherchez un tableau », les yeux vert mer de l'étudiante jetaient une lueur magnétique quand elle exaltait le rêve fou de Frenhofer) surgis d'un enfouissement profond, de reconstituer le puzzle d'une histoire qu'il ne savait plus sienne. Se pouvait-il que le frais murmure d'une fontaine répandant sur son front une bruine fraternelle eût réveillé une blessure si ancienne ? Quoi de plus prévisible pourtant, si le temps n'efface rien de ce qui est vraiment vécu ; seules les rides de surface disparaissent : personne ne se frotte impunément aux jeux de la mémoire et de l'amour.

De ce chaos se détachent, pour le meilleur et pour le pire, prégnants, incisifs, lumineux, comme nés d'aujourd'hui, la voix, le cou, les seins, les creux et parmi le fouillis aromatique de la toison, le con d'Irène. Un spasme prolongé le ramène sur terre. La lune rit de ce tortillage sentimental. L'avocat aux tempes grises pose les mains sur son front et ses yeux, se rétracte sous l'assaut brutal du mélange d'ail, de gras rance et de sueur concentrée qui blesse ses narines, se traîne jusqu'au lavabo, frotte vigoureusement, quand il était heureux avec Irène, il restait des heures entières sans les laver, pour y respirer jusqu'à la dernière exhalaison le parfum qui palpitait au creux des paumes, passe de l'eau sur son visage, le pouce et l'index massant doucement les paupières, nouvelles ablutions faciales, rouvre les yeux et en se redressant est confronté à son double. Sursaut.

Ce qu'il voit dans la glace l'épouvante: cheveu rare, joues haves, nez empourpré, pommettes chues cireuses, front cordé de veines lie-de-vin, yeux blanchis au givre de l'absence d'elle ; une gueule à chier d'ssus.

Le père du handicapé plie à l'emporte-pièce le pyjama rayé qu'il vient d'ôter et enfile les vêtements empilés sur la chaise ; la couverture et le drap tirebouchonnés avec des gestes d'illusionniste gourd sont enfournés dans un grand sac poubelle noir, au milieu de ricanements brefs. La chambre est très nue : chaise, lit-cage monacal, matelas ultra mince, alèse en plastique, froide et gluante au contact des joues, coffre ; il tapote la toupie et la boîte à musique posées dessus, en modifie l'alignement de quelques degrés ; à l'intérieur du coffre..., ce qui s'y trouve appartient à des curiosités sans avenir. Inventaire clos.

Stations prolongées devant la fenêtre, brusques accès de gloutonnerie où sont englouties avec force lapements, en un mouvement perpétuel de goinfrée bruyante, tartines, yaourts, confitures, céréales imbibées d'eau blanchie au lait en poudre, biscuits, flans... jusqu'aux yeux, remplissages et transports fébriles de sacs en plastique où pêle-mêle pantalons, pyjamas, assiettes plates, slips, pommes, chemises, bouteilles, chaussettes, briques réfrigérantes s'asphyxient, pour des séjours aléatoires et nécessaires, sans cesse rectifiés avec une inaltérable gravité.

Le père du handicapé se penche pour ramasser un sac migrateur et à peine relevé tombe en arrêt sur l'aire de pavement dégagée, se met à genoux, main gauche en appui, s'arrondit à l'extrême, la bouche si près du sol qu'elle semble respirer la poussière, contemple le plat pays qui s'ouvre à lui.

Exploration immobile avec soubresauts.

Moi, c'est quoi ? Un flâneur mélancolique reniflant avec méthode les cailloux semés par quelques lucides sur le sentier du bonheur. Le bonheur d'après BP via Montaigne, c'était hier, et ce sera peut-être demain. « Nous ne sommes jamais chez nous » : cette propension à béer toujours après les choses futures, par quoi le bonheur tangible est impossible, Montaigne l'accepte sagement comme une disposition inhérente à la nature humaine et en tire contre doutes et hasards une leçon de constante curiosité au monde et à soi-même. Mais quand on postule que le « moi est haïssable », la conscience douloureuse du flux perpétuel, le décalage permanent par rapport à l'objet de la quête, à quoi s'ajoutent lancinants le regret des jouissances passées et la crainte des avanies à venir, ne peuvent se traduire que par des accents et des termes péremptoires disséquant la tragique inaptitude au bonheur, « nous ne vivons jamais mais nous espérons de vivre, et nous disposant toujours à être heureux, il est inévitable que nous ne le soyons jamais » ; nulle surprise en l'occurrence puisque la volonté de Pascal est de nous désespérer. Chez les artistes accablés par « l'horrible fardeau du temps » qui ne poursuivent aucune fin qu'individuelle, le dégoût profond débouche fatalement sur la fascination de la mort ou, plus raisonnablement, sur la poursuite effrénée de la chimère : « enivrez-vous sans cesse, de vin, de vertu ou de poésie, à votre guise ». Ce n'est pas merveille que nombre d'écrivains accouplent l'amour et la mort, puisque l'ivresse des corps et des âmes entrelacés, si éphémère soit-elle, abolit « la dictature du hideux vieillard », instant et éternité se confondant dans le même oubli de « l'insupportable vie ». Étrange bonheur que celui défini par la négative, quand chaque recette, scepticisme, abaissement, dandysme ou évasion, sans oublier le remède universel au désespoir, j'ai nommé le travail, ne tend qu'à exorciser l'angoisse de se savoir incomplet et vain, incapable de jamais s'appartenir.

Le flâneur mélancolique observe un paradoxe logique : c'est l'être le plus démuni, le plus meurtri par la vie qui, dans le laboratoire panique d'une sensibilité exacerbée alliée à un goût exclusif pour la solitude contemplative, ouvre la voie de la « suprême félicité », cet état de rêverie où le sentiment du flux perpétuel et de l'invariable émiettement à l'inessentiel se dissout dans l'effacement progressif du monde, réduit au fragile clapotis des vagues mourant sur la grève, pour faire place au seul plaisir de se sentir exister : un présent vécu à l'état pur, joui avec intensité et plénitude, sans aucune pensée occupée à l'instabilité des choses ni à rien d'extérieur à soi. L'exploration au centre du moi est admirable, qui offre à Rousseau « le bonheur suffisant, plein et parfait », malheureusement hors de portée du flâneur inassouvi, qui n'a rien d'un mystique.

Plus terre à terre, plus rase pâquerettes, pour être aux grands intuitifs du mystère humain ce que le ver est à la soie, il imagine volontiers la plénitude heureuse associée à des faits concrets et à des rêves de beauté... Si le bonheur m'était compté, en dix mots, je dirais : Igaliko, panthère, livre, lac glaciaire, Delphes, amitié, art, coït, volcan, Meryl Streep; en trois? lave, liberté, sein; d'un mot unique? Angelica.

Il s'est échappé de l'autocar blindé qui le ramenait chez lui après l'école. Le chauffeur et la surveillante occupés à blaguer ensemble n'ont pas vu l'enfant frêle et voûté se faufiler dans le sillage des deux garçons arrivés à destination. Il court des quatre membres avec une énergie farouche et s'évanouit dans la forêt couleur de rouille. Où court-il, de cette foulée heurtée et mécanique, sans se retourner malgré la traque certaine, en perpétuels rupture et rétablissement d'équilibre, avec la hargne et le rictus d'un marathonien au quarantième gémissant? Nulle part, il fuit. Il fuit l'horreur de la vie en cages emboîtées les unes aux autres, sans sas de désoppression, chambre, salle de cours, autocar, hôpital, immeuble, cité administrative, aire de jeu grillagée, au rythme têtu des douches glacées, transfusions, savonnages frénétiques, déshabillages, femmes en blanc, araignées de métal fouillant sa moelle, pour rien, puisque les douleurs de poitrine et d'estomac ne s'apaisent jamais.

Le fluet Sergueï escamote les barbelés malades et pénètre dans la zone interdite : une présence amicale bientôt vibre en lui ; pour la première fois depuis quatre ans il se surprend à être heureux, comme autrefois, quand il jouait dans la forêt avec Katioucha. L'étrangeté du paysage, comme implosé, à la végétation recouverte d'une pellicule grisâtre, l'absence de tout remue-ménage animal, l'air étouffant, le silence, sous un ciel tiré comme une serpillière d'aluminium, loin de l'oppresser l'enchantent, l'exaltent : il venait de franchir les portes d'un monde merveilleux, après une si longue attente peuplée de souffrances et d'interdits, où parmi l'immobilité des choses il serait libre et heureux.

Il traverse un village abandonné, toits pourris, clôtures effondrées, jardins envahis par les orties et les rats ; le cimetière pointe ses croix ornées d'oriflammes en lambeaux au milieu des herbes folles. Épuisé par l'effort, la gorge brûlante, poumons broyés, il s'allonge quelques mètres plus loin, s'immobilise, réapprend à respirer, jouit de sentir son corps lentement se désagréger, à mesure que l'étau sur la poitrine se desserre.

Sergueï frissonne, sourit au désir fou qui explose soudain ; la levée du corps est laborieuse. Il entreprend de construire une cabane, gestes lents et économes d'un que chaque mouvement fatigue et martyrise, avec des briques de tourbe, éparpillées ça et là. Une éternité de pauses et de travaux alternés. Il se glisse dans l'abri à claire-voie, heureux malgré les maux de tête et les saignements de nez accrus. Souvent le soir ils s'attardaient en cueillant des baies et des champignons. Son père certains dimanches le réveillait à l'aube et l'emmenait pêcher loin en amont de la rivière, dont les rives par là étaient plantées de bouleaux. Il a froid ; il arrache deux feuilles d'érable cendre et rouille, monstrueuses au regard des souvenirs qui commencent à se superposer à l'étrange paysage observé depuis son entrée dans la zone, si grandes que bien disposées elles le recouvrent tout entier. Il aimait à s'y baigner avec Katioucha. Couché sur le dos il fixe la cime des sapins, tout en massant ses jambes ankylosées : rien de perceptible, les oiseaux reviendront-ils, n'y aurait-il que des rats ? sinon, juste au-dessus de lui, le léger frémissement des aiguilles bleuâtres.

Le père du handicapé s'attarde sur un moellon de grès d'artois, odeur nulle, absence mate, rehaussée pourtant de colorations furtives, jaune safran veiné de découpures rousses, charbonneuses par endroits, caresse tendrement la surface granuleuse, effleure de l'index les interstices larges aux rugosités subtiles, frotte en saccades le pavé du gras de l'éminence thénar, va-et-vient vifs entrecoupés d'examens prolongés, se concentre sur le grain qui lui révèle des nuances insoupçonnées avant le polissage.

Conciliabule muet ponctué de cris aigus et de grognements lourds, comme si par eux au hasard du déchiffrement s'extériorisaient des bribes de pensées et de sentiments, colère, désespoir, incertitude, impatience, joie. À moins qu'aucune pensée ne soit inscrite dans ces rumeurs chaotiques, simples ressorts d'une mécanique aux rouages moribonds. Malgré la main écran sur les yeux, pour les protéger de la lumière trop crue, l'enfer se creuse sur son front. Un trousseau de clefs voltige à travers la pièce et renverse la chouette qui se brise sur le carrelage. Il tète vingt gouttes de neuleptil, bien sage. Derrière le voile descendu sur ses yeux il aperçoit au bout de l'oblique qui passe par les barreaux du vieux portail, de l'autre côté de la rue, silencieuse et grise, un vieillard prenant l'ombre sous son figuier, comme chaque après-midi, assis à califourchon sur une chaise paillée, chevillé compact au dossier, les yeux fouis au lardoire des renoncements successifs, raide et stupide comme une statue sans regard, occupé depuis des heures à ruminer son gros lot de prolétaire, une éternité de routine à se faire chier avec le maître d'école, les géniteurs, la confesse, le contremaître, l'adjudant, la légitime, le chien, les enfants, la sciatique, le chef de service, le percepteur, la mort de bobonne, la polyarthrite, le départ des enfants, la panade et… la solitude.

Il faut quoi pour écrire ? Une histoire ? non, un héros sup ? non, un titre ? oui, des idées ? non, un talent naturel ? non, des émotions ? oui, malgré qu'en aient les jargonneurs de la textique, qui cultivent stériles le paradoxe selon quoi la qualité de l'écriture est en raison inverse du sentiment, un sujet original ? non, une volonté ? sûrement, pour damer le pion à la hantise de la futilité globale, du travail ? vital, chaque minute vouée à l'écriture est une victoire sur la fascination du néant. Avec ça il fait un livre, la preuve…, mais quel livre ? Chaque relecture du gribouillage accouché dans la douleur (à ce noble cliché la grimace qui d'ordinaire bistourne son pathétique visage d'aspirant écrivain s'arrondit d'un sourire avantageux, car en l'occurrence la scribouille est ce qui la fait se tenir plus tranquille, la douleur) le saisit d'une fureur auto mutilatrice, puisse-t-elle ne jamais le conduire aux excès sacrificiels d'Attis, par le désespoir de se connaître si plat barbouilleur, rampant à des années-lumière de la caravane des grands archets du verbe et à peine décollé avec son petit cantique d'ennui se brûlant les yeux à l'éclat des étoiles noires de la littérature qu'il rêverait d'approcher, Sade, Lautréamont, Céline, Artaud, Guyotat…

Qui manque de temps et de génie doit se résigner à ramper dans les soupentes de la création. Sinon, n'y a qu'à se scier la dextre, la senestre, le bras, la bouche, al…, il trouverait encore le moyen d'écrire avec les pieds ? Rien à craindre, la paresse prévalerait. Il éviterait ainsi de se meurtrir à l'implacable tenaille cornélienne, ou bien grossir les cohortes bourdonnantes des polygraphes insipides en s'engouffrant peinard dans les boulevards ripolinés du conformisme, avec prix, interviews, raouts, onctions épiscopales, conférences d'universitaires eunuques rêvant de tuer un césar de plus, flueurs âcres, alexandrins nouveaux, salades de truffes blanches, habits verts, génuflexions, who's who, relents d'uniformes enrubannés de sang, godets chromés, jalousies, queues de morues, flirts furtifs à guichet fermé, (pour l'ouverture des huis, consultez les écrivaines gothiques aux seins avalés et aux dents travioles), ou bien franchir à pas feutrés les propylées du temple de la réécriture, pour instrumenter à loisir les claviers du bel et de l'obscur et mourir adoubé-cocu pour quelques texticuleries de plus.

Et qui exalterait l'honneur perdu du petit pion anonyme ? Nul ne lui ferait déclamer quelque ânerie sublime du genre, « je le ferais encore si j'avais à le faire », tout juste glavioterait-il, ligne de partage certaine entre l'art et la vie, « merde, quel con fus-je » et ce cri ne passerait pas à l'immortalité. Alors ni… ni, et sans brandir un

Mont-blanc en guise de garant de qualité comme son collègue tourmenté par l'os de Dionysos, le bougre continuera d'écrire à sa main, sans histoire, sans héros sup, sans talent, mais avec un titre et des émotions.

Pauvre anonyme asthmatique, j'apprends médusé qu'un mage local, qui se proclame fils spirituel des Templiers, converse avec les étoiles. Par le scoop alléché un reporter s'en est allé l'interviewer, l'esprit ouvert et amical, tient-il à préciser, en son antre-atelier, car le rustre est aussi un artiste du rouleau, il peint sous influence séraphique. « Les Japonais sont venus de la lune ». Nullement interloqué par cette loufoquerie de première grandeur, le journaliste assoiffé de révélations du troisième type écoute dévotement le « dépositaire » exclusif des nouvelles tables de la Loi. « Il y a une loi pour l'eau et une autre loi pour celui qui a soif ; l'eau est toujours eau, mais celui qui a soif n'a pas toujours soif ». Cloué au tatami par ce tir groupé de truismes à la Saint-Ex, (pour corser l'enflure Claudel aurait mis une majuscule aux démonstratifs) blême de plaisir à ce coït furtif avec l'intelligence cosmique, le journaleux en manque supplie le Maître de rouerie de dérouler devant lui la mécanique céleste. Des roues sans rayons aux jantes munies de spirales vrillées se traversent les unes les autres, selon une alternance roue matière et roue non matière ; dans les espaces interrouellaires les masselottes univers pour l'éternité roulent.

Vous voilà à la roue, rapport au sens ? Vous déjantez ? Visualisez, que diable ! Au besoin louez les services de quelque herméneute, y en a un super allée Spach au pays des cigognes. S'il y avait eu des rayons, la face du monde eût été changée : sueurs d'angoisse ! Quant au plumitif sidéré il évolue à l'aise parmi ces pouilleries mysticardes : un article pleine page étale sans le moindre soupçon d'esprit critique les divagations éculées du songe-creux en mal de pub et de prosélytes. Tout est affaire de phraséologie : après la politique et la littérature, voici le temps de la théosophaillerie spectacle.

Et moi, nihilosophe besogneux, je parle, je bavasse, j'écrivasse depuis des mois sans savoir où me conduit cette logorrhée ; le bougre en connaît un rayon sur le rien. Soudain l'été dernier, c'était pendant l'aigreur d'une inféconde nuit, l'ange Gabriel le visita. Vision béatifique, ô ample chevelure rousse flamboyant à ses enrouements d'incrédule, braguette lourde crevant la soie d'où surgirent les roubignoles archangéliques !

Sa couche fut inondée de sperme oraculaire qui sur le drap écru macula la combinaison suivante : 1 illisible 51432112512 1262 illisible 18. Oh dieu, l'étrange peine, brutale crispation : la vérité du livre se dérobait à l'instant même où il la pensait saisir ! Comment décrypter le message à travers ce chaos arithmétique ? Que ne s'était-il initié à la numérologie ! Pourquoi fallait-il qu'à cause de la soudaineté du jaillissement et de l'inconsistance du support certains traits et intervalles demeurassent aléatoires ? Colère, invectives lyriques, suées, remous. Mais la parole poétique, saint dictame sur sa plaie, tinta dans sa mémoire, « la joie venait toujours après la peine ». Alors il s'attela d'arrache-coeur au travail de déchiffrement. Quelles lettres, quels mots derrière ces nombres ? Errements et tâtonnements longs à explorer les hypothèses conjuguées de la science et de la cabale. Son patrimoine neuronal s'essoufflait au bord de la dégénérescence, quand l'effarante simplicité du code lui sauta au bulbe : 1 = a, 2 = b… et ainsi de suite jusqu'à 26 = z.

En tablant sur les virtualités des chaînons manquants il obtient tout d'abord : « raclure du zen » ; il aime assez le discret parfum de spiritualité, mais le mariage du trivial et du sublime n'est pas un procédé d'archange ; quoi qu'il en soit, la formule reste obscure : Gabriel serait-il au Verbe ce qu'Héraclite est au Devenir ? Creusons. Si derrière les manques se cachent 0 et 1, avec j et a on obtient : « j'allure au zen » ; le parfum de spiritualité qui semble incontournable s'enrichit de l'affirmation du je, la piste paraît féconde. Objection : le néologisme « allurer » détonne pire que mamie Bush débarquant à Ryad en tenue léopard. Une lourde chape de perplexité aplatissait le nain, prêt, de quête lasse, à jeter l'éponge, quand son double lui offrit un godet de vin de palme qu'il avala d'un trait, et la lumière fut. Feu, Certitude, Joie, Oubli de la misère du monde, Radiance, Oubli de la morsure du doute, Joie, Certitude, Révélation totale et douce ! Mon triangle est l'image inversée de son signe. Exégètes, à vos grimoires, glosez d'importance et vous, consommateurs éberlués des roues de l'infortune, tremblez au message dont ma plume est grosse : « j'encule l'azur » !

Ils partaient pour de longues balades à skis à travers les champs enneigés. Le poisson grillé embaumait la maison aux dentelles de bois. ils mordaient à pleines dents les pommes des vergers, se roulaient dans l'herbe en imitant le cri des chouettes. Le rire de Katioucha ralentissait le déclin du jour. Le ciel se zébra d'éclairs et de flammes rouges, et la vie devint opaque.

Il a fallu fuir la pluie maligne, les bulldozers ont démoli les maisons fleuries, enfoui les décombres sous un épais manteau de terre et d'asphalte, et vivre dans des cages en béton avec la mort au centre. Le rire de Katioucha a été le premier à s'enrouer parmi les enfants de l'immeuble, puis à s'éteindre. Bolno ; Sergueï tapote son crâne lisse et luisant comme une pomme, essaie d'articuler un appel au secours ; aucun son ne sort de sa bouche enflammée ; alors d'un bras trembleur il mime le mal invisible qui le ronge, muette supplique au monde, comme pour le prendre à témoin de son innocence, de l'injustice de la punition, du non-sens atroce. Bolno, je ne suis pas un réacteur, je suis un être humain, personne ne veut de moi, il ne me reste que la zone ! Des larmes perlent aux paupières sans cils et s'attardant sur ses bords rouillent la lèvre supérieure.

Il pleure sur le bon vieux temps, sur la vie en allée, il a treize ans, c'est un enfant de Tchernobyl.

Le professeur chevronné cousu de certitudes évanouies, car l'or en ce métier est le fonds qui manque le plus, rompu aux exercices de haute voltige rhétoricienne, en bon ouvrier des manufactures universitaires où se fabriquent les outils de dissection et de ressassement ad hoc pour perpétrer l'étranglement des invitations au voyage, (la preuve, moi, nain hellénisé, je rêvais d'arpenter les dalles de Mistra en compagnie d'une eurasienne au nom presque jumeau, boucles brunes, silhouette élancée, regard bleu tendre, chevilles graciles, voix mélodie) vissé désormais aux triviales redites, pour avoir traqué trois décennies et plus en courant comme un perdu d'amour à travers les vastes steppes lexicales, les rythmes associés, les échos entrelacés, les synecdoques perverses, les signes mystérieux révélés par la ponctuation, le poids et la tension des mots rebondissant les uns sur les autres par quoi le rêve se fait réalité, pour un discours où tout n'était que fatras et disgrâce, dèche, crispure et frustration, jusqu'au tocsin de l'asphyxie finale qu'il n'a su déjouer malgré quelques vives lueurs de lucidité à béer aux hauteurs insoupçonnées du langage, aujourd'hui ne rêve plus.

Le père du handicapé depuis quelque temps visionne dur comme un crispé du zapping ; tout ce qui même de loin ressemble à une pensée est sur le champ blackboulé. Culture, oh l'odieux mot honni de l'audimat, est la cible cardinale : bouillon ou brouillon, dès qu'il entend le vocable, il tire sa télécommande, Caractères, Ex-libris, Chiffres et lettres, Médecin des lumières sont condamnés sans appel : deux ou trois pépites d'intelligence y brillent chaque heure par traîtrise. Quoi regarder d'assez débile, que choisir parmi ce fatras d'amusettes vulgaires, et à quel rythme zapper, là est son unique soin, car la crétinisation télévisuelle stimule l'action béatifiante des neuroleptiques. Derrick, le Renard… trop léchés, trop intellectuels, l'esprit y trouve quelques fois matière à s'échauffer.

Deorsum mentem ! Sapristi, encore une saillie de son savoir d'emprunt ! plus jamais ça, même pour la bonne cause, sombrer. Ce sera la dernière faille de lumière dans la nuit à tisser sur sa matière grise. La Valise en carton ? trop lacrymale, frein à l'insensibilité. Plus bas encore : il teste avec intérêt Voisin voisine, Motus, Vivement lundi, bien placés dans l'organigramme de la régression. Il faut pourtant descendre d'un cran supplémentaire. Les films pornographiques ? Topographiquement parlant, ils présentent la bassesse voulue, mais, les voies de l'animalité sont impénétrables, la fiabilité abêtifiante des classés x est loin d'être prouvée ; le contraire se pourrait, dès lors que la baise brute montre bien autre chose qu'un imbroglio sexuel : sur les orgues du plaisir qui secoue, laides souvent, les chairs enchevêtrées s'exhibent des corps s'enivrant aux sucs des pulsions primitives, d'où s'élève un désordre suggestif, halètements mats, rondeurs de peau moirée, crispations paniques, riches senteurs de sueur et de foutre : ça ravive des soifs oubliées, ça remue d'anciens entremêlements, ça suscite des images de beauté, ça creuse une exigence nouvelle, ça réveille le goût d'aimer, de vivre, ça parle à l'âme. Le film de cul n'est pas le remède approprié.

Elle marche sur le pont qui enjambe le fleuve frontière ; au milieu, couleurs criardes, une ligne de démarcation ; elle pose les deux pieds sur la bande bleue. Solitude noyée de brouillard, lumière blême. Sous le pont dérivent lentement les corps des fugitifs abattus par les gardes frontière. Elle lève le pied droit et s'immobilise, jambe repliée, le « pas suspendu de la cigogne ». Elle sait ce que coûte le pied sur le rouge. La femme joue quelques instants avec la mort, pose le pied sur la bande rouge, s'écroule sous la mitraille.

Neige tourbillonnant sur le blanc paysage hérissé de formes noires, fantomatiques. Entassement de réfugiés qui survivent dans des wagons immobilisés sur les voies d'une gare de triage désaffectée. Albanais, Arméniens, Turcs, Kurdes… pour les parias de la géographie politique l'exil a mêmes tourments, misère, exclusion, désespoir.

Un vieux café glauque au cœur de la ville frontalière. La jeune fille voit entrer le journaliste qui s'assoit plus loin, de l'autre côté de la piste de danse. Il ne l'aperçoit pas tout de suite. Un morceau de pellicule traîne sous une chaise vide. Elle le fixe intensément sans le moindre cillement. Des couples brisent par intermittence l'horizontale de leur double présence. Il rencontre le regard blanc de la femme, reste comme interdit par cette soutenance, à son tour se cloue à cette extrême fixité. Longue attente figée. Dialogue muet. Il se lève, elle le suit. Ils montent dans la chambre.

Un minet audiovisuel du bout des lèvres a lâché : « certaines scènes emblématiques ont bouleversé le Festival ». Dont acte. Le même ne s'étonne nullement que le film n'obtienne aucune récompense officielle ; il ne souligne pas la crue contradiction, il « informe ». Quel est donc le crime esthétique d'Angelopoulos ? Quelles sont les tares qui lui valent les sourires condescendants ou les coups de canif des folliculaires accrédités ? Lenteur et silence, pour dire le naufrage du rêve collectif. Rien de plus étranger au credo artistique actuel. L'assujettissement à la mode est tel que les rares commentaires élogieux, « œuvre mélancolique et sombre, chant cruel et magique, images somptueuses... » semblent avoir échappé à la vigilance de ces vigiles du tout culturel, qui obnubilés par leur vision marchande ne défendent pas le film qu'ils encensent, n'appellent pas le public à l'urgence d'y courir.

Plan rapproché sur l'enfant : fasciné, il voit dans le rectangle de celluloïd uniformément gris le surgissement d'un arbre à ample frondaison qui déchire le paysage de brouillard.

Derrière le bruit de la pluie, il y a une musique ; le silence seul permet de l'entendre. Angelopoulos pose sur le non-sens du monde en proie à ses convulsions un regard d'iconoclaste tranquille ; il est le cinéaste de l'euphémisme.

Le père du handicapé, par nécessité, descend encore plus bas. Certains jeux et séries, enfin, semblent posséder le taux d'idiotie requis. Il zappe nerveusement, fragmente tant et plus les somptueuses séquences du loto et du tapis vert, que ça se bouscule dans la boîte à neurones, un rush d'Aline et Cathy se fondant mal enchaîné à la roue de la fortune le fait baver de plaisir, mais tout cela ne vaut pas, pour faire sauter les plombs dans les synapses, la terrible volupté fade qui coule de Santa Barbara : c'est du top con. Ils sont jolis, parlent vide, sourient toujours, intriguent serré, larmoient souvent, s'étreignent parfois ; forniquent-ils ? à les voir si mièvres, si jaunes et si transparents, on doute fort : Channing et Sophia, qui ont parlé avec Ted et Heyley au sujet de Grace et Tom, se marient enfin, mais Jeffrey est jaloux de Pearl qui danse avec Kelly malgré son amour pour Keith. Un paquet de bave déferle sur son menton.

Le père du handicapé s'extirpe du fauteuil sans trop de difficulté, reste debout quelques secondes, les paumes appuyées sur le dos de chaque côté de la colonne, regarde un instant la boîte à musique qui trône sur le bahut en lieu et place de la chouette pulvérisée, s'ébranle et se dirige en claudiquant vers la fenêtre. Il heurte au passage un grand sac noir avachi contre un pied de table, d'où émerge luisant vert sombre l'extrémité d'une couverture de laine gorgée d'eau. Il remet de l'ordre dans le sac, le ferme à l'aide d'une cordelette et après plusieurs allées et venues sans objet apparent le pose à côté des autres, rassemblés près du radiateur.

Il est planté devant la fenêtre. La main mouillée qui passe sur son visage rencontre, désagréables au toucher, des aspérités inhabituelles, sans doute quelques reliefs séchés de riz et de confiture, comme sur son chandail, qu'il essuie avec des gestes méticuleux ; la main frotte maintenant la bouche et les joues, arrache morceau par morceau un emplâtre composite où, en plus des matières déjà répertoriées, il reconnaît sûrement des débris de semoule et de viande hachée.

Derrière le rideau de pluie, les branches dénudées se tordent, noirâtres, sous le couvercle de brume.

Moi, c'est quoi ? Un homme qui descend du singe ? Ce respectable cliché ne lui apprend rien qui puisse démentir qu'en tout état de cause et d'inconséquence il redescend vers le singe. Parvenu au seuil de la vieillesse le primate éprouve de plus en plus de difficulté à se prévaloir de sa verticalité triomphante, qui l'aidait à masquer les singeries que le monde qualifiait de mérites ou de vertus. Consommateur raisonnable des opiums de base, travail, poésie, amour, révolte, picrate, rêve, tout lui échappe un jour et laisse le corps et l'esprit en panne de rassasiement.

Il a beau se shooter au ginseng et à l'acide folique, il endure les cruelles intermittences du désir et quand certains matins roses une turgescence furtive sculpte un menhir panique il n'a rien où se mettre ; il peut toujours se baguer le gland avec le pouce et l'index, serrer, aller et venir, accélérer, mais l'arc du plaisir ne nimbe plus le ciel de son lit. Ça change des amours glorieuses où conformément à l'édit de la Reine, une foutue clandestine de la nymphomanie en terre ibérique, qui au nom de la modestie et décence requises en juste mariage ordonnait « pour bornes légitimes et nécessaires le nombre de six par jour », il pouvait s'applaudir de se montrer bon catholique. « Je plains le temps de ma jeunesse » ? Peut-être, mais le pire est ailleurs. Le pire, c'est l'indifférence, la dernière maîtresse des chloroformés de la vie, quand tu commences à regarder l'humanité comme une vieille complice à qui tout est pardonné d'avance, avec lassitude, indulgence et résignation. Haut mal de vivre, j'écris ton nom : rupture de haine. Un seul remède à portée d'un Aguirre de sous-préfecture saisi de frilosité chronique, le voyage au centre de l'horreur, rues et galeries marchandes d'une ville de province, si possible méditerranéenne en juillet août, sommet de la laideur grégarisée, (inutile de s'aller roussir le cuir et miter les bronches sur la plage où certes le spectacle des gisants cramoisis agglutinés cul à cul vaut son pesant d'adrénaline pure et offre un riche aliment aux salutaires fulminations, mais l'enfer olfactif y est trop dilué, vaporeux, comme filtré par les fragrances marines qui ne poussent pas au crime) une vraie cour des miracles où les éclopés de la vulgarité et du gaspillage braillards, singes dressés à la fascination du paraître par les boutiquiers du pouvoir, sans pudeur ni respect, satisfaits, s'exhibent : bras boudins, bedaines obscènes, graisses trembleuses, visages sans yeux, la gélatine tavelée et la bêtise porcine s'étalent pareil, le tout mixé à des odeurs d'onguent, gazole, friture, transpiration, argent et gland mal lavé. Après un tel bain de foule, coup de sang, coup de fouet, te voilà tout ragaillardi dans ta haine naturelle pour le genre humain, tu te sens bien dans ta peau, tu respires, tu reris à la vie, tu vocalises, tu rehais tes frères avec enthousiasme, tu es d'attaque pour survivre. Combien de temps ? D'accord, tu redeviens vite le paresseux qui sommeille et puis tu éprouves crûment qu'à force de haïr les autres tu ne t'aimes plus toi-même.

Comment peut-on se supporter sexa ? Excédé de mignardises et de faux-semblants il ploie sous la faux de la routine et du ressassement, avec dans son regard de gorille nain la rage de n'être plus que l'ombre démâtée de lui-même, il a perdu jusqu'à l'ironie qui faisait croire à son esprit, il attend. Il attend, sans flamme ni femme, longue patience d'un que le noir cortège des dogmes, goulags et stalags ne révolte même plus, la flamme en lui a bleui, la cinglante disproportion entre les joies et les tourments d'amour l'effraie, sous lui la femme a blêmi, trépigne parfois, glousse des appels, accroupi parmi les déjections urbaines, jusqu'au mirage de s'en remettre à Dieu, sans succès, rassurez-vous, car ce dégueulis d'entourloupes captieuses (le pléonasme sied au vieux singe) lui soulève le cœur, il attend, débarrassé des caries de l'espérance, quelle connerie tout ce temps perdu à jouer de la machette dans le maquis des idéologies truquées, alternance de convulsions, mimiques pavloviennes, vifs grattages des aisselles jusqu'à la douzième flottante, couinements brefs, grimaces, décalottages dévots de bananes virtuelles, et de longues prostrations, à cause de l'arbre au centre martyrisé par l'arthrose, bras ballants, yeux accrochés à des branches fantômes, il attend, quand il n'est plus temps d'attendre, rumine le bol d'inanités à moudre chaque jour, devine à l'odeur le grouillement industrieux des vers prêts à le dévorer quand il s'immobilisera sur le radeau de la camarde, se compose une lippe de macaque, et je reviens au singe que je n'ai jamais cessé d'être.

Il a oublié les longues nuits assiégées par la peur, elle se souvient de la démocratie assassinée, sangle sur la nuque, couteau dans l'os de la liberté. Il a oublié le bruit des bottes, les gémissements d'agonie des martyrs, elle se souvient de l'horreur de la répression, rafles, fusillades, camps, couloirs, barreaux, projecteurs, yeux crevés, elle a peur, il a oublié la blanche Léros en Egée transformée en labyrinthe de mort, elle se souvient des cris, des couvertures trouées, des tombes, elle a froid, il a oublié les chants de lutte, la résistance maintenue vivante à travers la paroi des cellules, les dialogues clandestins avec Andréas en morse réinventé, la nuit dernière ils l'ont torturé sur la terrasse, il mesurait les coups et la souffrance, la douleur s'enfonçait comme un clou, des effluves de thym et de sang tombaient de l'abattoir, elle se souvient, ils étaient deux, ils étaient trois, ils furent des milliers, il ne chante plus, il discourt, politicaille, pactise avec les complices des tortionnaires, bleu parmi les bleus de

Nouvelle Démocratie, il a oublié, touche la main de ceux qui ont naguère supplicié les rouges, ses frères, elle se souvient, elle chante l'arbre des hommes libres, il a oublié la dictature sanglante des colonels, elle se souvient, chante la mémoire de la Grèce, la voix chaude et claire creuse une telle sensation de froid amical qu'il faut sur le chant refermer la fenêtre et cadenasser son bonheur, elle a peur, Mikis ne chante plus, le ministre sans portefeuille et sans honneur a oublié les geôles d'Oropos, Angelica se souvient des taches rouges sur les poitrines trouées, elle a peur, elle chante…

Le père du handicapé solidement établi à son poste de prédilection semble attendre quelqu'un; peut-être se borne-t-il à observer le spectacle monotone de la rue. Les rares éclats de voix ou vrombissements de moteurs, qui provoquent chaque fois un léger affaissement de l'épaule gauche ainsi qu'une crispation des doigts posés sur le rebord du radiateur, fugitivement le sortent de sa torpeur apparente. Une large traînée brunâtre sur le carreau droit a rétréci le champ habituel; le voile de buée grossi au fil des heures obscurcit le panorama. Un geste machinal, comme pour regarder l'heure, entraînant un début de rotation le fait s'empêtrer dans l'amoncellement des sacs en plastique, qui semblent figurer les maisons concurrentes en train de fraterniser dans une chaotique kermesse silencieuse ; le discret remue-ménage ne fixe sur sa prunelle qu'une marque très blanche au poignet, léguée par la montre. La montre, il se souvient, désormais vigie impassible dans le sanctuaire déserté. Car il a réglé son compte à la maligne trotteuse qui lui dictait un emploi du temps toujours aux ordres, en assénant sur le sinistre cadran un coup de marteau définitif, ça marquait l'heure de quoi pour la bourrique qui subissait l'inflexible tictature ? Un nœud d'invariables redites pour une vie malade d'enfermement. Le temps est maintenant figé à l'ombre de la tour en bois d'olivier.

Le père du handicapé balance quelques coups de pieds pour se désempêtrer et reçoit au mollet en s'extirpant une brûlure de griffe : le chat qui dormait lové sur un Daniel Hechter encastré dans un Mammouth, queue et moustaches hérissées, s'éloigne en miaulant furieusement. Tout à coup il s'active, gestes fébriles pour transporter et poser le couvert de trois personnes ; une bouteille de Volvic est jointe au pastel. Qui attend-il ? S'agit-il d'attente ? Le liquide incontestable dans le verre bien réel n'est peut-être qu'un simulacre d'eau, elle-même offrande à un simulacre de présence. Sur la courbe effectuée en boitillant pour revenir à son poste d'observation, il bute contre la télécommande qui gisait parmi le fatras ; propulsée sans ménagement elle s'enfonce dans les méandres en plastique mou. Nulle importance, il n'y a plus rien à regarder à la télé. Un examen plus attentif de l'écran recouvert d'une sorte de damier brunâtre à couches superposées fait entrevoir, en étroite symbiose avec une corbeille d'âcres effluves rémanents, une contrefaçon du chef-d'œuvre de Frenhofer en coprographie : de ce qui devait être le portrait d'une femme sublime, si problématique qu'apparaisse le dessin, n'a survécu aux barbouillages successifs de merde, rage de se surprendre impuissant à représenter son rêve ou métaphore échappée de son regard de reclus volontaire, qu'une surface très restreinte, où se distinguent les ondulations d'une enivrante chevelure féminine.

Il se souvient, quinze ans déjà, éblouissement doux et cafardeux, sonate au clair de terre, tremblement de chair, elle s'avançait vers lui, alerte, visage d'écume de mer cristallisée illuminant le couloir calamiteux d'un brusque éclat de vie, brasier aux tripes, il grelottait d'espoir, et comment qu'il se flagelle à rêver d'une éternité heureuse, et passa, son sourire dans l'escalier a longtemps flotté comme un faible tintement d'opalines au cœur des marmottements séniles.

Magistral pied de nez aux fourbes et aux haineux ! Il se souvient de la folle émotion à la première étreinte, les mots s'étranglent, les mains se sanglent, les bouchent se tendent pour réduire la distance de la coupe aux lèvres, musique fraternelle, il faut la retenir, ne pas perdre d'ouïe l'invitation à danser qu'elle murmure, les corps s'ouvrent, ivresse du pas de deux, merveilleuse folie de glissades entre chatte et fifre sur une mer d'huile fermée aux bourrasques de l'oubli, sa grotte à lui en Egée, son rêve de beauté.

Tout lui est blessure aujourd'hui, le jour, la mer, la rue, la maison, les yeux des femmes semant dans leur sillage un parfum de n'y revenez pas, la chouette en serpentine, le téléphone, la nuit, la fin des utopies, l'emploi du temps, le concerto d'Alban Berg, la page d'écriture, les colères de Vladimir, le nom de la rose, les albums photographiques, les engelures aux lombes, les vers luisants sous la bruyère, le bourbier des routines, les loutres de mer, le moulin de pluie, la machine, les codes à taper, les cases à cocher, les cernes à cacher, les cancres à classer, les plaies à scotcher, le sang à cracher. Des journées entières dans les affres sans entendre sa voix, fortissimo degobile. Le désespoir est long mais la grâce du souvenir toujours adoucit l'amertume : un mot d'elle, un geste, un regard, c'était une fleur épanouie sur la rouille de ses alarmes ; oasis de fraîcheur : chaque secousse creusait un peu plus la cathédrale d'amour où il assouvissait son creux de transcendance. Dieu est mort, trop abstrait, trop lointain, achevé par le fanatisme de ses zélateurs ; il n'y a pas de malaise : s'il faut un dieu, il n'est nulle part ailleurs qu'aux creux des houles qui claquent sur la peau moirée de son amour, ventre de basalte, selve, banquise ; finies les pernicieuses questions que le bouillant Arouet stigmatisait avec esprit : qui, d'où, quoi, comment, pourquoi, contingent, nécessaire ? le sexe ensablé étanchait sa soif d'absolu, bonheur parfait, bouche de clarté. La voix le rendait sourd à toute autre musique.

Des seins à faire bander d'équerre les vieux laïcs de ses amis en rupture de militance, petits globes piquetés de taches de rousseur dansant espiègles au galbe de l'échancrure, il faut voyager loin pour guigner pareilles montures.

La voix persiste en moi, qui me parle du balourd endormi, ranimé soudain par le chant aux inflexions chair.

Frais satin odorant, mon cap Horn à moi, ma viole ingambe, ma palmeraie sur mer, Milena, mon amour.

Le père du handicapé tète un instant le flacon de neuleptil et s'assoit près du radiateur au milieu de l'île aux sacs. Qui attend-il ? La mère est partie, elle ne supportait plus, le père est toujours là et le fils, qu'est-ce qu'il fait le fils, il croupit des jours tranquilles au Centre. La silhouette maigriote d'un homme se découpe à travers le portail grillé ; signe amical de la main, sourire avenant, un bonjour affable se devine au mouvement des lèvres. Quel qu'il soit, marchand de bonheur spirituel, cas social en mal d'assistance, spécialiste de l'escroquerie aux assurances, rebelle dopé à la haine de classe faisant la manche au domicile des bourgeois ou représentant branché d'Olympus Symbol Corporated venu proposer un lecteur laser de codes barres pour une brassée de yens, le visiteur est salement indésirable ; il n'a pas plus tôt esquissé un deuxième enchaînement de fadeurs que le père du handicapé trépigne, s'agrippe au radiateur, le lâche, tremble de partout, se ramasse sur lui-même, se redresse, bras violemment jetés en arrière, barrit rauque, arrache un pan de chemise, la tête fait non sur son axe, se retourne en poussant des couinements stridents, lance la Volvic à travers la pièce, qui se déchire au ventre à l'angle du buffet ; la grimace furtive qui raye la joue gauche révèle l'irruption probable de ricanements, mais à cette hauteur de diapason, rires et hurlements se confondent.

L'eau se répand sur le carrelage selon des lignes de pente invisibles, au hasard des tassements que le temps a ourdis, menace les contreforts de l'île hétéroclite, puis se retire absorbée par des déclivités plus franches. Le mouvement pendulaire de la tête qui fait non sur son axe s'amplifie, la tempe côté ouest heurte le montant de la fenêtre et s'y brûle ; la vitre a gémi faiblement. Au fur et à mesure que la crise nerveuse décroît, que le corps se tasse, les cris se transforment en grondements prolongés et lourds, comme d'une corne de brume, bientôt grognements plus graves, plus espacés, semblant un chant grégorien que chaque relance de respiration affaiblirait, plus bas, plus lourds, plus syncopés, forge à l'agonie ; le corps s'est soudain complètement recroquevillé et immobilisé ; une épée surgie de l'ombre a étranglé les geignements lugubres.

La pluie en cordes épaisses barre l'horizon. Le tilleul n'est plus qu'un tronc trembleur surmonté de fourches d'épouvante. Par-dessus, comme une serpillière saturée d'eau, un vaste ciel de thrène, lourd de sourds gémissements. Rien ne vient déchirer le paysage de brouillard : la vie n'est pas un rouleau de pellicule.

Le seul cadeau qu'il se rappelle avoir reçu d'un colonel, regard d'hyène, poitrail constellé des stigmates du déshonneur, haleine de chien syphilitique, c'est le gnouf ; mot risible, mais la chose est faite pour humilier, meurtrir, démolir. Vingt jours de taule, conclut-il dans un rire de carburateur mal graissé, pour un sourire de trop au lever des couleurs de la mort glorifiée. Toute la chaîne des gradés haïssait les intellectuels jetés en pleine sauvagerie, qui d'une simple question les révèlaient à eux-mêmes pour ce qu'ils étaient, arriérés, bornés, cadastrés, tortionnaires incapables de légitimer autrement que par des slogans racistes la saloperie de guerre menée contre le peuple algérien, rafles, nerfs de bœuf, baignoires, électrodes au pénis, oreilles, seins, prurits de meurtre dans les yeux des mercenaires, brasses coulées, où crèche Djemour, salope, on l'a vu dans le secteur, tu couches avec, muscles arrachés aux tenailles, on l'aura de toute façon ton raton, les paras jouissent à bricoler les bougnoules, soldats du contingent entraînés dans la spirale, corvées de bois, déportations massives de populations,

camps de regroupement, interrogatoires poussés, corps coulés dans la chaux vive, charniers, largages de napalm sur les douars peuplés de femmes et d'enfants, les crouilles font trop d'enfants, ils servent d'agents de liaison, tuez-les à l'arme blanche, la gradaille pousse aux crimes, suspects précipités dans les cuves à vin, asphyxie à l'anhydride carbonique, les centurions dans les rues lynchent et égorgent, parle, chienne maure, on te fera bouffer ses couilles, les petites frappes coloniales chauffées à l'anisette torturent et cassent du melon, mechtas rasées à coups de canon, arrachages de couilles, couilles enfouies sanglantes dans la bouche des fells, corps crucifiés sur les murs d'enceinte des villages, chaos de saignées rouges et brunes, Goya réinventé par les entomologistes de l'apocalypse, fresque convulsive, terre engloutie sous les vols rapaces d'engoulevents tueurs, france engluée dans la barbarie nazie, trop d'atrocités impossibles à déglutir…

Moi, ça ressemble à quoi? À rien de ce qu'il fut : insatisfaction chronique, colères, vigueur de muscle, souplesse de lynx, crinière ample, tee-shirts engagés, tout ça gît au fond d'un placard. Il savait enfoncer des coins de fantaisie dans le gruyère des routines : il accommodait ses convictions aux couleurs de l'idéalisme, cultivait son capital d'émotions esthétiques, sculptait des statuettes en bois d'olivier, rédigeait son journal, voyageait. Des grains de folie sous l'empire des sens agrandissaient parfois son paysage de ciels estivals, (pardonnez l'entorse faite au pluriel, pour la musique il préfère l'impair), suçant son moi aux aréoles diaprées de quelque dragonne, mais s'il tombait sur un tas de chair style grosse Margot il criait au secours, détalait et dégueulait ses tripes contre le premier panneau publicitaire percuté.

Une maigreur propre à effaroucher les squelettes dont les carabins s'amusent pour compter les os in situ, un QI moyen, autrefois calculé d'après les tests cul du professeur Maboulnik, encore plus moyen, une tonsure d'antimoine épanouie comme un tambour : à comparer quel je fus et quel devenu j'entre en dégoût, comme de croiser place Masséna, harnaché d'insuffisance mentale, un lepen ou d'apercevoir un pauvre idiot à croupetons en train de déféquer sur la plage. De lointaines amies me bassinent avec leurs caresses pâteuses, tu sais on t'aime, on croit en toi ; fleurs et couronnes, mais ni appels, ni lettres ni visites, toujours une question de vases incommunicantes. La laideur ne révulse plus mes tripes.

La vie me trouve nonchalant d'elle

L'écharpe rouge crasseuse n'en finit pas d'attiser son blues lugubre : la mémoire seule ne perd rien de son mordant, toujours ravive les brandons des douleurs anciennes, cris, obsédante agonie de Djamila, son regard n'était pas d'une suppliante, même il essayait de dire qu'elle ne lui en voulait pas de son impuissance à empêcher ce déchaînement, elle le remerciait plutôt, avec ce qui lui restait de lèvres, pour l'eau dont il lui humectait le visage, quand les tortionnaires s'absentaient. Des paquets de sang me brouillent les yeux. Il a enfreint les ordres, couru sous le clair de lune, pénétré dans le hangar, vacillé sous la charge de l'horreur perpétrée ; il la recouvrit d'une serviette éponge afin que morte, avant le charnier, l'ultime souillure lui fût épargnée.

Ras le bol des faire semblant ; il n'a jamais été un foudre de raout, raison pourquoi sa création littéraire ne fera pas concurrence à l'état civil. Soirée, cocktails, vernissages, même espoir, rencontrer des gens, tâter le pouls du monde, même déconvenue, ambiance de prostitution, frottage avec des zombies, odeur d'intrigue et de vomi. Les vernissages sont plus sympas : pas de chiens de garde, on y voit moins de michetons bavards, moins de décolletés poissards ; un visage de lumière soudain s'est découpé dans la poix des vanités exhibées : contorsions, rougeurs, froissements, manœuvres gamines pour intercepter son regard. Que reçoit-il sur sa face de pierrot après quinze minutes de sauna visqueux ? Une grimace du bord des commissures tirée au plouc venu perdre là son âme.

La rupture est définitive.

Le père du handicapé reste là des heures entières, assis en biais, raide comme un cénobite en oraison jaculatoire, ou debout, de guingois, comme pour permettre au front de s'appuyer sur la vitre, vissé aux ventouses gluantes du chaos qui l'entrave jusqu'aux genoux formé de l'écume des patients travaux du recul, sacs en plastique bourrés de linge et d'objets personnels, trousseaux de clefs, couvertures mouillées, cartons, reliefs alimentaires, valises, ustensiles divers, auxquels a été incorporée hier la boîte à musique à la splendeur encore inentamée ; il a le regard de quelqu'un qui n'attend personne et ne regarde rien. Il neige.

Il ne sait plus ce qu'il a su.

Prostration hébétée sous neuroleptiques, les peurs viscérales, hantise du lendemain, crainte des sanctions et des privations, au fil des doses et des stations ont déserté sa conscience, vie immobile, qui n'a pourtant avec l'enracinement d'une plante qu'une ressemblance trompeuse, car les brusques retours à l'exigence de survivre qui le font s'extraire avec détermination de ce compost particulier et retrouver pour un temps les poses rassurantes d'un homme pétri de certitudes existentielles, qu'il s'évertue à des va-et-vient claudicants sans logique apparente, s'applique à consolider le refuge pourrissoir par l'apport de matériaux nouveaux ou se vautre à de frénétiques séances de goinfrerie, attestent que la conquête du végétal requiert un long apprentissage. Chaque déplacement libère un concentré d'odeurs intimes, salive mousseuse, chocolat pilé, sang tiède, sueur diurne, à quoi se mêle depuis peu un fort relent de merde séchée qui remonte d'entre les fesses ; pourquoi se torcherait-il, au Centre ils ont supprimé le papier cul, parce qu'avec les pensionnaires fomentaient des jeux interdits et faisaient la java. Le remugle ne l'incommode pas, car comparé à ce qui s'exalte du tas, c'est brise florale de Johnson : au fond de la souille, ça cogne abyssal.

La silhouette évanescente d'une passante a glissé dans le décor ouaté de la rue, tête en avant légèrement tournée vers la maison au tilleul luisant de givre, pour soustraire ses yeux aux essaims de flocons que le vent d'est rabat sur elle. Le père du handicapé se raidit à l'extrême, menton haut, lève le bras droit qu'il maintient brandi poing serré, avec aux lèvres un probable rictus d'outre-espoir ; rigidité cataleptique durant quelques secondes, le petit chat a peur, le corps se rabat d'un seul coup en rugissant, comme à la télévision les avants du pack dans le choc de la mêlée, le poing brise la vitre, passe à travers, blessures au poing, sang jaillissant en fibrilles multiples, sang au visage que la main ensanglantée vient d'essuyer machinalement, sang sur la jambe droite à hauteur du tibia douloureux que la main a massé un moment, là où il a plié à force sous le poids du temps coagulé, sang sur le chandail vert où la main tente de s'entortiller, rides de sang sur les crénelures de la mosaïque de verre.

Au terme d'un long bâillement durant lequel son visage aux yeux de vitre morte est resté fixé sur les gracieuses évolutions de la première neige, il se chie d'ssus.

Le bougre a marre des grimaces en écriture, qui le rendent pareil à un funambule sous décharge électrique ; quelque délicieusement décadentes qu'elles soient, elles n'en sentent pas moins la cuistrerie et l'acrobatie ; oui, vraiment marre du sarcasme ricaneur sous le juste prétexte de passer au crible de sa prétendue lucidité l'affligeante réalité. Saturation : l'humanité est trop ramassis d'importants vêtus de reniements et de rapines, la vie sociale trop fosse à purin où se vautrent les parrains tueurs, la politique trop charogne, l'amour trop peau de banane. Le bougre dit merde à la réalité et au maniérisme critique.

Il rêve de laisser le Bic courir sur son erre, traquant les menus riens de la vie d'un homme et d'une femme sans histoire ; les mots prendraient l'initiative, ivresse, s'engendreraient les uns les autres, libres et fluides, il serait poète. Une prose blanche et sèche, ça changerait tellement du bitume en fusion, ça ragaillardirait tant les allées franches de l'imagination, ça ferait si belle senteur de foin fraîchement coupé sous la pluie.

Le troisième livre sera lisse ou ne sera pas.

Qu'y a-t-il derrière moi ? Un tableau noir, ciel d'encre grouillant de questions laissées sans réponse. Sous mes talons ? Les strates accumulées de l'encrassement bourgeois ; zéro de bilan pour l'ersatz d'artiste. Hier, aujourd'hui, quel suis-je ? Ça ne veut rien dire. On se sent si peu vivre par soimême, on se sent si peu sûr de soi, on recueille si peu de choses hors la croûte première, on se connaît si peu. C'est quoi, moi ? Quelque chose comme un amas de bigarrures flexibles, traits, qualités, attitudes, actes, un tout éponge que le fouet des épreuves et des passions pétrit à ses claquements, remodelé sans cesse aux contours des avoirs variables.

Si je me demeure insaisissable, le permanent, l'authentique, la vraie richesse, le vrai moi, l'autre le peut encore moins connaître : voilà de quoi se débarrasser, par le tranchant des avanies successives, de quelques illusions majeures, comme d'être aimé pour soi-même, cette mômerie idéaliste.

On n'est aimé que pour son maintien, son statut social, son odeur, son argent, et quelques couleurs de peau, bleu d'iris, ou jaune, rose aux lèvres, nez pourpre, gris de poil, vert de peur, framboise au sein, blanc de couenne, ou noir, pénis d'albâtre… Personne ne m'a aimé pour mon âme, la belle affaire ! Peut-être qu'oui au bout du conte, si j'en crois le sublime charabia gargarisant « Dieu est en moi plus moi que moi-même », d'où jaillit l'évidence que je suis dieu et amour. Merci, poète félon, pour l'aumône du lait de ton bocage,

« Je connais tout fors que moi-même ». Le sol se dérobe sous mes pieds, juchés branlants sur des échasses trop lourdes pour la vigueur qui reste, faille béant sulfureuse des entrailles du doute

Et pourtant j'existe !

Avoir une place dans le monde ? Foutaise ! On n'a rien et on n'est que ce qu'on a. L'image que me renvoie le miroir « n'est pas un gouffre moins amer » : crâne lustré frileux, rêves écrabouillés, sang sur les mains, articulations sous tenailles, chair cousue de trouille bleue, vieillerie.

Sans le corps il n'y a pas d'amour, avec le corps il n'y a plus d'amour. Face à cette contrariété abyssale, que proposent les doctes, les lyriques, les vifs et les beaufs aujourd'hui ? Des pleins et des déliés, qui dessinent des paraboles obscures, avec traits d'esprit, ellipses savantes, figures de rhétorique, dérisoires ronds de jambe et de plume géométrisant le vide de leur pensée. Et moi je coule.

Le père du handicapé, tête écrasée contre la fenêtre, regarde intensément le grand sac plastique noir posé contre ses genoux, comme s'il contenait toute la richesse du monde ; au sommet de l'empilement il reconnaît un drap bouchonné, un pot de yaourt, une brosse à dents, des pommes de terre, une veste de pyjama... ; d'une main impatiente il triture en grognant les couches inférieures. Après ce bref frémissement de colère il se renfonce dans son apathie ordinaire, qui s'accompagne par intermittences d'une mélopée monocorde, lancinante, rythme lent et voix de basse taille, une manière d'incantation tombée de quelque lamasserie, ioh, ioh, ioh, avec une variante plus sourde, waoh, waoh, waoh, les seuls phonèmes que le fils ait su moduler. Les murs ici, les meubles, les livres, les feuilles du tilleul ainsi que les fragrances flottant dans le jardin lui ont longtemps chuchoté le fol espoir qu'un jour il parlerait, qu'au moins il produirait quelques sons articulés.

Aujourd'hui ils sont muets.

Il sait qu'il est arrivé au bout du chemin, même si face au nœud d'étrons qui s'étire sous ses yeux la répulsion l'empêche d'accomplir malgré le brouillard neuroleptique le geste qui scellerait son accession au stade ultime de la régression. L'entreprise de déconstruction est quand même une réussite : il se sent léger et transparent, lisse comme une plaque de verre désembuée, sans repères ni remords, sans passé; degré zéro de la mémoire, une sorte d'amnésie sauvage provoquée, inconnue des encyclopédies médicales. La hauteur d'échasses qui faisait de lui un empilement vertigineux d'expériences, de sensations, de souvenirs et de connaissances, s'est, au fil des mois, débâtie et dissoute, pour le restituer grandeur nature au pur instinct d'exister, purgé d'espoir et d'inquiétude.

Des milliers d'êtres humains pataugent dans les eaux croupissantes du Delta encombrées de cadavres ; ils tendent la main vers des hélicoptères problématiques : le cyclone n'existe pas. Qu'aurait-il pu comprendre aux informations débitées pêle-mêle d'un ton neutre, comme détaché ? La réalité n'existe pas. Le monde s'est embrasé dans le golfe ? Il n'a jamais su lire ; d'immenses colonnes de femmes et d'enfants en guenilles s'épuisent à marcher vers la liberté et se heurtent à une muraille de soldats qui les refoulent et les laissent mourir de faim et de froid ; la guerre n'existe pas.

L'oiseau niché dans une maigre cavité d'écorce noircie par le gel pépie aux tiédeurs revenues.

Le quêteur de certitudes s'obstine contre doutes et avanies à s'interroger sur son poids dans l'univers ; mais le ciron unidimensionnel tourne en rond, incapable de comprendre le destin de l'homme, est-il bon est-il méchant, est-il libre, la vie a-t-elle un sens, ni la finalité du monde comme il va, mais où? Celui qui cherche à savoir observe les arches de matière en constante évolution : l'infini de l'univers lui est comme un coup de poignard au front. Dieu? poudre aux yeux, poudre aux neurones. L'âme? Si la lumière naît de la curiosité passionnée pour tout ce qui vit et bouge, qu'est-ce qu'il en a à secouer de l'âme, s'évaporant aux vents puants de la casuistique du mystère?

Moi, moi, moi, who's that guy? On ne sait jamais qui on est, ce sont les conditions qui font tout. Je est un leurre. Pourquoi y a-t-il tant de souffrance sur la terre? Candide a fini par se rendre à l'évidence : il est vain de bander son énergie à ces futilités; le livre blanc de Micromégas fixe la mesure des secrets de l'univers. Alors fatigué de s'agiter dans le théâtre d'ombres où le scepticisme le dispute sans cesse à l'illusion d'étreindre, le limier poussif renonce à poser les stériles questions existentielles; la sagesse est venue avec l'âge, c'est ça l'expérience, si prisée des donneurs de leçons, elle a nom impuissance chez le pauvre hébété dont la neige des quasi soixante hivers accumulés a glacé l'imagination.

D'où vient-il? Une seule certitude : au commencement était le Quark; c'est moins fumeux que le Verbe, et tellement plus chiantifique; le jeu de mot est désastreux? J'admets, ça fait mauvais genre, encore faut-il oser, pour le plus grand déplaisir des lecteurs fourvoyés. Au bout d'un voyage de centaines de millions d'années le quark, lui, s'est fait chair, au lieu que le verbe, qu'est-ce qu'il s'est fait? Au mieux noyau de la phrase, si étendu que soit l'éventail de ses aspects, transitif, intransitif, perfectif, imperfectif, duratif, limitatif, progressif, purgatif, inchoatif, terminatif, chair jamais.

Il rêve de s'offrir un bol de déviance, un léger pas de côté sur une diagonale non euclidienne, folie de voyager, folie d'aimer, d'écrire… pour se retremper un temps au chaos d'avant l'éveil quarkien : il rendrait, satisfait, son sachet de cendres aux glaces interstellaires. Elle s'avançait, éblouissante et nue, liane souple aux reflets polymorphes glissant féline sur un coussin d'air bleu, insouciante et nue, je me souviens de ma crispation devant toi, chevelure nuit ondoyant aux reflets braillards de l'asphalte, terrifiante et nue, parfum, déraison, fleur, chaos, ma nef au large, découvrant sa belle âme, le désir même s'ébroue au palper de l'incorporel, je me souviens de mon arrêt du cœur d'après toi, oh les vrais beaux charmes des adorations muettes, vers moi.

Après le voyage il n'est rien de plus qu'un maigre croûton de viande carbonisée, perdu aux confins d'une mer imperturbablement lisse. Alors il boit pour survivre à certains éclairs de conscience, noyer la gueuse sous une grosse coulée de lave cordée de soufre, voilà l'urgence. Il boit sa tasse de Léthé.

Je me vois maintenant cloué sur un radeau pourri, avec au front un écriteau où rougeoie la sereine insignifiance du monde.

Le véritable voyage ne souffre pas d'horizon.

Le père du handicapé se lève d'un bond et se met à décrire dans cet espace confiné qui n'en a plus vu depuis des mois, aérien et léger, des courbes et des figures harmonieuses, le visage éclairé par un sourire de béatitude que n'altèrent pas les rais de pluie assombrissant le décor ; la vivacité des gestes et des attitudes surprend au regard de la prostration où à l'instant il était encore plongé. Souple et délié comme un danseur en état d'apesanteur quand la musique et la grâce de l'art créent l'illusion de l'envol, précis comme un homme de laboratoire, il se prépare à l'aide d'une myriade de petites pilules extraites de tubes divers un cocktail lytique bien tassé, d'une extrême sophistication, sans oublier sur le bord de la coupe le zeste de Glifanan, c'est plus sûr, en fredonnant avec entrain l'air de la petite Marie. Une cuiller d'argent pour touiller le tout et ça brille.

Il avale le breuvage radical et cette rasade d'un coup abolit l'absurde.

Il grimpe sur le conglomérat fétide, trébuche contre les détritus encore mal intégrés au magma, s'enfonce au centre, creuse parmi l'ordure une litière de suint, de merde et de sang, s'allonge ; il s'y sent bien, chaleur douce et poisseuse, la mère est partie, elle ne supportait plus les cris, les bagarres, les déchirements, comme de s'enfouir dans l'extravagante folie de laine qui habille les bœufs musqués surgissant d'outre-glace ; ramassé sur lui-même il se touche, comme au collège après la communion à travers la poche droite, pour une ultime crampe de volupté, se recroqueville, la mère n'est jamais revenue, serre très fort entre ses genoux et son ventre la boîte à musique de son enfance, engourdissement doux aux tripes, le monde n'a jamais existé, ferme les yeux.

Le chat roux qui a senti le coup vient se pelotonner contre sa joue. Marie avait un petit agneau, sa toison était blanche comme de la neige, little lamb little lamb, la sol fa sol la la la la sol sol la do do, la sol fa sol la la la, sol sol la sol fa…

Elle, bouche ouverte, tremblant de froid dans les draps de sang, quelque chose en lui meuglait comme un rhinocéros en rut, affamés d'amour, vos papiers, l'heure est venue d'un peu de colère destructrice sinon quand, vous oubliez la ceinture, plus grave que de voler une autoradio, c'est du sarre, désolé, à quels curieux transports conduit le vertige sécuritaire, ça vinassait dur au raout ministériel, les importants exhibent leur impotence, toute cette pouillerie que les pluies d'or trouvent à qui causer, des mots que c'est du kif avec le néant, une odeur de vagins rances et de fausses factures à inverser les sangs, oh le beau couple, leucorrhée logorrhée ça rime riche, méfiez-vous du solitaire qui baisote son pétillant comme s'il y allait de sa raison de vivre pauvre égaré parmi ces légions de prostitués, c'est un homme dangereux, il a une tête non conventionnelle, elle, tirée par les cheveux, jetée sur le marbre gluant de sang et de vomissures, poignets chevilles entravés, maintenant salope tu vas parler, la main noueuse du crépu arrache la djellaba, j'voudrais bien m'foutre un moineau dans la tête, la crétinisation télévisuelle stimule l'action euphorisante des anxiolytiques, insignifiance des médias : trop d'images ou trop peu d'images, même bidouillage, même duperie, c'est comme avec vos tortueuses roumanigances, ça m'a troué le cul, il ne s'est donc rien passé à Ubucaresti, mais si mais si, rappel : chaque Indien tué est un morceau de nous-même qui tombe en charpie, elle, longues pinces d'acier dentelé branchées aux oreilles, narines, seins, sexe, le tatoué, front étroit, actionne la magnéto, cris étouffés par le chiffon humide enfoncé dans la bouche, corps tressautant sous les morsures répétées, les autres rient et vident des canettes de bière, continuation tranquille du génocide kurde avec bazooka et napalm, à quand le reportage en direct avec des images de synthèse, je m'insurge contre l'infâme hypocrisie du principe de non-ingérence, qu'est-ce qu'un Kurde en guenilles face au Koweïtien cousu de pétrodollars, ce vermine de jaber me fait gerber, l'embusqué de retour au pays gaspille des milliers de mètres cubes d'eau potable pour arroser sa palmeraie privée, son peuple grapille au compte-gouttes une eau polluée, vous vous êtes battus pour cette ordure moyenâgeuse, qu'en pense le patrouillote de base, il ne pense pas, ça vous a titillé de la fibre patriotique sans écorner vos économies, tout baigne, elle, clouée sur l'étal, se tord, un brusque jet de vomi explose, s'étale sur la poitrine, s'immobilise au creux de l'épigastre, comme une eau cafarde chargée d'âcres relents, rosace jaunâtre autour des seins, nervures rouges s'accrochant à la base du mamelon gauche, ça excite les bourreaux, le chauve pousse son mufle sous le fessier, comment qu'i baise ton raton, obscénités, rires, coups, insultes entremêlés, les treillis léopard craquent, cliquetis de ceinturons et claques de rangers, zéro plus zéro égale un, vous admirez l'arithmétique nouvelle des technocrates shootés aux sciences humaines, la promotion des nuls, c'est à rire en pleurs, les vagues sur les houles effacent vite les quilles, vous léchez le cul des puissances d'argent, les banquiers sont vos collabos, tout le reste n'est que dérisoire prêche tartuffard, vous, autoblanchis, en pleine déshérence narcissique, pataugez dans une boue d'absurdité, vous reniez vos frères et revenez vierges trôner sur une chaise électorale par la magie de quelque tapinade, ça roule pour l'illusion démocratique, l'Histoire a la mémoire courte, les aigles franchissaient les eaux de l'hydre totalitaire, souillés de sel et d'épuisement, que sont devenus les héros d'alors choyés par d'accortes Nausicaa, animaux croupis à même le pavé des docks, rembarrés, détergés, humiliés, renvoyés en enfer, elle, les tortionnaires sarabandent leur fait d'armes sur fond de marseillaise, le tatoué, front étroit, ouvre ses crocs, où crèche ton bougnoule, les mots claquent comme une rafale de mat 75, vise la prune qui lui sort du cul, attrape ça intello, cadeau pour toi, l'ordure galonnée affûte la guillotine de son regard, les mouvements des brutes remuent, renforcées par les transpirations, les odeurs dont le hangar est imprégné, le crépu lui brûle le sexe avec son cigare, la toison grésille, les pêcheurs accroupis contre les carcasses échouées écoutent les derniers râles d'Aral, exorbitance du désastre, pour quelques mensonges statistiques et quelques missiles de plus, paisible vallée d'Aspe, vous la saignez large comme le désert spirituel des marchands et des crevures, vous vous couchez devant les baroudeurs de garrigues, vous exterminez les derniers ours bruns, vous rampez devant les excités de la gâchette qui font et défont les conseils généraux, vous écrasez les infirmes et les handicapés, cafards, toujours vous brandissez le bouclier de la morale, Yamoussoukro, ça vous dit quelque chose, c'est beau, boursouflé, ça suinte le fric mal blanchi, ça rutile d'ors et de marbres, elle, suffoquant sous l'amas sexuel, mange mon foutre, chienne maure, s'évanouit, le tatoué se désencule, le sous-lieutenant borgne mouille son linge, je jouis, terminez-moi bande de cons, c'est un ordre, à genoux devant la somptueuse basilique, tête baissée, yeux mi-clos, un mendiant supplie mains creusées, vraie image de piété, vous détournez les vôtres, aimantés par la caracole en carrosse blindé du saint-pitre venu bénir l'obscène bouse catholique de brousse sans un regard pour les loqueteux criant famine, Kamasoutra de la calotte, ça fait pas mal à votre âme et conscience, tristesse enfouie, tristesse trahie par les cernes de larmes, les glands surannés sentent le sur, il est seul, ils souffrent, ils ont faim, vous changez de trottoir, ils tendent le poing, vous chargez, ils tendent la main, vous écrasez, ils tendent un moignon, vous gazez, « rien de ce qui est humain ne m'est étranger », je vomis ce sale trémolo humaniste d'un pharisien atteint de frilosité peccante, vous avez besoin du remords pour mordre aux jouissances positives, vous vous sentez coupables, délices, elle, pantelante parmi l'immondice, les sous-ordres l'immobilisent, le borgne toute haine dehors lâche son harpon, l'enfourne, hume le pubis enfoutré, saccage le visage halluciné, crache tes idées, charogne, tu pues déjà le cercueil, la bouche s'entrouvre sur un hurlement muet, la maman vierge et putain excite toujours les mystifiés, ailleurs c'est pire, la femme est niée, le glabre et le barbu, deux visages de la même violence, fascisme et intégrisme c'est tout un, fascination du lisse et du contour net, pour faire croire au triomphe sur le naturel impur, ou culte du poil, pseudo-image d'expérience et de savoir, c'est même imposture visant au même but, paraître ce qu'on n'est pas, inspirer le respect et la peur, un dégoût à se vider d'estoc de tout avenir, comme de voir, narines ivres encore de ses odeurs, se laver la femme qu'on vient d'étreindre, mains encore frémissantes du satin de sa peau, l'amour, verge encore farcie du plaisir y pris, l'amour, c'est ce qui reste de tendresse après l'amour, masques, la religion se pare de l'un ou de l'autre, question de latitude, dieu est tragiquement absent de ces pantalonnades criminelles, ces masques, ils vous collent si glu au derme, pour vous les arracher je ne vois que la hache d'Onibaba fendant le crâne de la sorcière, elle, le borgne tire son poignard, trace un rectangle sur la cuisse gauche, dépiautage sauvage ponctué de feulements mats, lanière par lanière, tu vas jouir à mort, lui enfonce une bouteille de coca dans le sexe, l'égorge, fouille la chair du cou avec sa croix de guerre, derrière les droites brisées des grilles la vie, absente, son rire s'est enroué, éteint, la tempe s'est fracassée contre le montant de la fenêtre, rouges fibrilles multiples, vous exhibez des myopathes à des fins d'audimat, et ceux qui ne parlent pas, les perdus d'intelligence, organisez-vous des shows autour, mieux vaut être bébé phoque que débile profond, ras le bol du grouillement laser des névropoles, à quand le saut dans l'île où s'ébrouer des deux naseaux sans entraves avant le néant à suivre, elle, inerte, bouche tapissée d'écume rose, arrange ça, doc, qu'on voie pas que tout dégueule de l'intérieur, poumon de la terre, ô Amazonie, chaque feuille brûlée est un souffle de vie bâillonné, produisez, les hommes, multipliez, acidifiez, vautrez-vous dans vos déchets, irradiez-vous, je m'en tape, je réintègre la chambre close du dégoût salubre, l'ennui s'y larde de fugitives échappées de lumière, j'y caresse mes émois sur les harpes enflammées du souvenir, j'y nique les aiguilles du temps, elle, Djamila, hangar ignominieux, l'appelé a reçu au cœur son dernier souffle de voix, la peau est gris marbré, neige tiède moussant le long des cuisses, ventre lardé de veinules cicatricielles, la flamme en lui a blêmi, les muqueuses meurtries suintent à cru, il ôte sa chemise, arrache les deux chevrons qui dégueulent sur la manche, aucun autre suaire que ce kaki de honte, pardon pour l'offense posthume, ton âme est loin déjà de la meute de chiens, chaos de zébrures et de cloques brunes et pourpres, mosaïque convulsive, il recouvre Djamila comme il peut, lui baise les pieds, bredouille une prière à un dieu absent, ciel d'encre grouillant d'étoiles noires, pilés, broyés, écrasés, jusqu'à la seconde où sous leur talon béera la fosse, ils, tendus comme des arcs électriques et elles, intensément, fixent l'inaccessible étoile, elle, exsangue, il a plié sous le poids du temps coagulé, blessure, quand tu étripes, c'est pérenne,

Le condamné à 135 pages fermes a purgé sa peine, il a écrit qu'il n'avait rien à dire. Il connaissait la musique des sphères écrivantes ; tout y est réglé comme du papier millimétré : on noircit une pleine rame, on court d'ahan le marathon du plumitif en quête d'éditeur, on publie à mécompte d'auteur et après quelques semaines de croupissement au sous-sol on passe au pilon, c'est la loi du marché. Il n'a pas lieu de pavoiser avec ce livre ? Il s'en bat l'œil. Le bougre s'est fait moins chier, la vie de routine a été moins nulle, les rets de la solitude moins étouffants, la grimace du monde moins fécale, les mirettes sardoniques de Milena, trop prévisible, trop dure, trop bourrasque, trop tarasque, trop belle pour lui, moins vieux rat qui ne se les brise plus à lui marmotter sa tendresse ringarde, moins lasers, les miasmes de perdition moins glauques, la téquila moins amère.

Et puis dans tout navet il y a du sucre. Qui a proféré cet apophtegme incontournable ? Le maître de criée d'ex-libris, le philosophe branché friand de logomachies stériles, le cinéphile saisi par la fièvre du zapping impitoyable entre Tarkowski et Angelopoulos ou le vieil unihirsutaire au regard stupide et aux couilles dolentes ? Dieu bougre, j'ai mélangé les disquettes ! Stop ! Cherchez plutôt le sucre qui caramélise les 135 pages fermes, lecteurs, précautionneusement, comme dans cet espace sans frontières de la chambre à Xavier, avec des truffes farfouilleuses mouillées de compréhension amicale et des mains gantées de tendresse, respirez ce bruissement d'âme, cet oxygène singulier qui donne au corps la grâce de vieillir moins vite, mais que les cons, les décidément trop cons pour blairer autre chose que les relents intimistes et les saccharines frelatées de l'art tisane en vogue, foutre, s'abstiennent.